L'héritière du Kansas

SUSAN MEIER

L'héritière du Kansas

Traduction française de
MARGUERITE GUILLEMET

AZUR

HARLEQUIN

Collection : Azur

Titre original :
CINDERELLA'S BILLION-DOLLAR CHRISTMAS

HARPERCOLLINS FRANCE
83-85, boulevard Vincent-Auriol, 75646 PARIS CEDEX 13
Service Lectrices — Tél. : 01 45 82 47 47 - www.harlequin.fr
ISBN 978-2-2804-5289-2 — ISSN 0993-4448

Composé et édité par HarperCollins France. Achevé d'imprimer en mai 2021.
par CPI Black Print - Barcelone - Espagne
Dépôt légal : juin 2021.

FSC www.fsc.org
MIXTE
Papier issu de sources responsables
FSC® C159065

Pour limiter l'empreinte environnementale de ses livres, HarperCollins France s'engage à n'utiliser que du papier fabriqué à partir de bois provenant de forêts gérées durablement et de manière responsable.

1.

À travers la grande vitre du Family Dinner, Leni Long observait la neige sur les cloches accrochées aux huit lampadaires du village. À Mannington, dans le Kansas, après le rush du petit déjeuner, le restaurant décoré en rouge et blanc était déjà vide et tranquille.

Une élégante voiture noire apparut sur le parking. Un homme en manteau anthracite en sortit. Il courba les épaules sous l'assaut du vent glacé, mais le mouvement avait une puissance indéniable : musclé, il faisait plus d'un mètre quatre-vingt-cinq et exsudait une force innée. La neige poudrait déjà ses cheveux sombres, dont la coupe élégante soulignait son beau visage.

Leni quitta la fenêtre et se faufilait vers le comptoir lorsque la porte vitrée tinta ; lorsque l'inconnu entra, ses yeux la trouvèrent immédiatement.

Son regard glissa sur sa blouse imprimée de cannes à sucre, son tablier et ses collants rouges, sa petite jupe verte, et jusqu'à ses ridicules bottines noires à boucle argentée.

Génial. Pour la première fois depuis le siècle dernier, un homme beau comme un dieu mettait les pieds à Mannington, et évidemment, elle était déguisée en elfe de Noël.

C'était la vie de village : les serveuses changeaient de costume par saison, le cuisinier fumait à l'arrière du restaurant, et sa mère, la deuxième serveuse de garde, n'arriverait qu'à dix heures et demie. Elle avait dû rester avec son père et s'assurer que tout allait bien. Depuis qu'il avait eu une blessure à la tête dans un accident de travail, il avait parfois des crises d'épilepsie.

Le demi-dieu regardait maintenant son badge pailleté.

— Leni ?

Dans l'atmosphère familiale du *diner*, les clients de passage utilisaient souvent son prénom, mais ce n'était pas pareil, cette fois-ci. Il y avait quelque chose dans sa voix profonde et soyeuse. De la déception ?

— Oui, sourit-elle. Leni.

— Vous êtes la seule serveuse ?

Elle attrapa un chiffon et passa derrière le comptoir.

— Oui. L'autre serveuse arrivera un peu plus tard.

— Dans longtemps ?

Pourquoi était-il si intéressé par les horaires de sa mère ?

— Dans quelques minutes, normalement. Mais je peux prendre votre commande sans elle, vous savez.

Avec un demi-sourire, il s'assit sur l'un des tabourets.

— Je vais prendre un café.

— Pas de problème. On continue aussi à servir le petit déjeuner toute la journée, si ça vous intéresse, dit-elle en attrapant la cafetière sur la plaque chauffante.

— Désolé, j'ai déjà mangé.

Mince. C'était son seul appât pour qu'il reste un peu plus longtemps. Il allait sûrement avaler son café et disparaître… À moins qu'il veuille attendre sa mère ?

Une inquiétude nouvelle pointa le bout de son nez. Et s'il travaillait pour l'assurance ou les avocats de l'entreprise de son père ? Deux ans après son accident, At Home Construction réfutait toujours sa version des faits et les ordonnances des médecins, décidés à le remettre au travail pour des travaux à petite échelle.

Mais si cet homme avait été un détective privé commissionné pour prouver que son père n'était plus invalide, il n'aurait pas cherché à rencontrer sa mère.

Non, il aurait surveillé leur maison.

Pour se faire pardonner de l'avoir accusé mentalement, elle lança :

— Peut-être un pain aux raisins ?

— Non, merci, dit-il en riant.

Sa voix était chaleureuse, mais la réponse ne laissait pas vraiment de place à la conversation. Leni sourit. Parfois, les clients n'aimaient pas discuter. Elle allait le laisser tranquille.

Elle pivota pour rentrer en cuisine, mais il reprit la parole :

— C'est joli, dans le coin.

— Mannington ? C'est... pas mal.

Il arqua un sourcil espiègle.

— Seulement pas mal ?

Une étincelle d'amusement dansait dans ses yeux bruns et... Il était si magnifique que le regarder était un plaisir en soi. Elle pouvait bien s'accorder une minute, n'est-ce pas ?

— Non, Mannington est un très joli village, mais je vais bientôt déménager. Je viens de finir mes études et je dois aller en ville pour trouver du travail. À Topeka, certainement.

— Je viens de New York. Ma famille contrôle une entreprise de gestion financière. J'ai toujours su où j'allais travailler. J'ai eu une petite période de rébellion, évidemment, mais finalement... Me voilà.

À Mannington, dans le Kansas ?

Un homme à la tête d'une entreprise de gestion financière new-yorkaise était descendu jusqu'à Mannington, où personne n'avait jamais d'argent ?

De nouveau, un éclair de méfiance la traversa. Mais au moins, elle l'avait fait parler. Peut-être qu'un peu de bavardage avec une serveuse inconnue suffirait à lui faire avouer ses motivations ?

Nick Kourakis ne pouvait s'empêcher de dévorer Leni des yeux. Il avait été envoyé ici par les avocats de Mark Hinton à la recherche d'Elenore Long, sans doute la serveuse absente, et avait trouvé à sa place la plus jolie femme qu'il avait jamais vue.

Elle avait un visage exquis, une silhouette parfaite que son déguisement ne parvenait pas à enlaidir, et des yeux verts pétillants d'humour... Et ils bavardaient si facilement – il n'avait pas eu le plaisir d'une complicité anonyme depuis si longtemps. Ils ne se reverraient jamais : c'était sans conséquence. Exactement la distraction dont il avait besoin en attendant Mlle Long.

— Et à Topeka, ce sera avec ou sans le costume d'elfe ?

— Je ne crois pas qu'ils laissent les assistantes sociales porter ce genre de choses, rétorqua-t-elle en riant.

Et quel adorable rire. Il aimait le scintillement de ses prunelles, ses longs cheveux souples, son sourire si… facile.

— C'est un métier difficile.

— Je sais.

— Mais au moins, il y a du travail à revendre.

— Et j'ai hâte d'y être.

Son sourire s'était élargi, une exquise courbure de ses lèvres pleines. Il aurait juré que son cœur avait bondi dans sa poitrine. Il avait été célibataire pendant si longtemps qu'il ne se souvenait pas d'avoir jamais ressenti une chose pareille. Pas seulement une affinité immédiate, mais chaleureuse, profonde – comme si cette conversation anodine ouvrait une porte inconnue. Ensorcelé par son beau visage, ses grands yeux, ses pommettes hautes, son petit nez, ses lèvres qui appelaient au baiser, il avait l'envie folle de lui proposer de plutôt chercher du travail à New York.

C'était une rêverie en l'air, bien sûr. Même dans un monde où il aurait pu la revoir, rien n'aurait jamais pu se passer entre eux.

La porte du restaurant tinta et il pivota. Une femme les rejoignit, elle aussi déguisée en elfe. L'autre serveuse, Elenore Long, à moins que…

Non. Elle avait les yeux bleus et des cheveux châtains, un visage carré. Et elle avait au moins cinquante ans : elle était trop âgée. Son exclusive héritière était l'enfant de Mark Hinton, décédé deux semaines plus tôt à soixante ans.

Il se leva. L'inconnue déboutonnait son manteau.

— Je crois qu'il t'attendait, maman.

Nick tourna la tête vers Leni, surpris.

— « Maman » ?

— C'est ma mère, oui. Denise Long ?

Il inspira profondément et trouva son regard vert.

— Leni Long, c'est bien cela ? Et Leni est un surnom ?

Évidemment. Comment avait-il pu rater cela ?

— Oui, le diminutif d'Elenore.

Il passa une main sur son front. Ses yeux et sa superbe crinière et son joli petit corps lui avaient momentanément fait perdre toute jugeote. C'était elle, bien sûr.

— Elenore Long. Vous êtes Elenore Long. Puis-je vous parler en privé ?

Elle pressa une main contre son cœur.

— C'est pour moi que vous êtes ici ?

— Oui.

— Pourquoi ? J'ai eu du mal à obtenir un prêt étudiant. Je n'ai pas d'argent à investir.

— J'ai quelque chose d'important à vous annoncer.

Leni n'avait jamais vu quelqu'un se métamorphoser aussi vite. Le charme amusé de l'inconnu s'était envolé, remplacé par un sérieux total. Et son insistance la laissait perplexe.

— Il n'y a que vous, moi et ma mère ici.

— Très bien, dit-il en montrant la table la plus éloignée. Allons nous asseoir

Il la suivit jusqu'à l'alcôve puis se glissa en face d'elle.

— Je m'appelle Nick Kourakis. Je travaille pour une entreprise de gestion financière à New York.

— Vous me l'avez dit, oui.

Il la scrutait toujours ; dans l'intense faisceau de son attention, elle dissimula un frisson d'anticipation. Elle n'avait jamais vu un homme aussi beau, certes ; mais, en lui rendant son regard, elle nota pour la première fois que son pardessus gris avait la perfection du sur-mesure, que sa chemise et sa cravate étaient indéniablement luxueuses. Malgré sa taille et sa carrure, il se mouvait avec une élégance innée. Comme s'il était habitué à l'opulence. Il n'était pas seulement séduisant ; non, il était *impeccable*. Soigné, charismatique, poli et…

Riche.

Plus riche qu'elle n'était sans doute *capable* de l'imaginer.

— Je ne suis pas là pour vous vendre quoi que ce soit, Leni. J'ai été envoyé pour venir vous chercher.

— Venir me chercher ?

Ses yeux bruns faisaient chanter son sang, hypnotiques.

— J'ai une nouvelle très excitante à vous annoncer.

— Vraiment, railla-t-elle en combattant tant bien que mal les étranges sensations qu'il faisait naître en elle.

— D'abord, sachez que la raison de ma venue doit rester confidentielle.

— D'accord.

— Avez-vous déjà entendu parler de Mark Hinton ?

Un peu de son assurance lui revint. Assez pour relever le menton et réfléchir, répondre clairement :

— Non.

— C'est un milliardaire. *C'était* un milliardaire. Et nous pensons que vous faites partie des personnes mentionnées dans son testament. Ses héritiers.

— Oh…

Déjà, son esprit lui faisait miroiter un don de dix mille dollars, assez pour payer les factures qui s'étaient accumulées depuis l'accident de son père ; mais elle se força à calmer sa bouffée d'espoir.

— C'est une bonne nouvelle, non ?

— Ce pourrait même être une nouvelle extraordinaire.

— Attendez… Assez extraordinaire pour payer tous les soins de mon père ?

— Bien plus que cela.

Elle retint son souffle. Alors quoi ? Elle pourrait acheter le chien d'assistance dont il avait tant besoin, et empêcher son entreprise de le remettre au travail ?

Mais avec l'excitation émergea aussi un malaise. Sa vie n'avait jamais été *facile*. Adoptée à huit ans, après que sa mère biologique l'avait laissée un an et demi en familles d'accueil, elle avait travaillé d'arrache-pied pendant des années pour pouvoir payer sa licence à mi-temps.

— Et en échange… ? demanda-t-elle, les sourcils froncés.

— Avant de vous en dire plus, vous devez me promettre de garder le secret.

Un petit rire lui échappa.

— Je dois faire vœu de silence ?

— Vous êtes la première des trois potentiels héritiers de Mark Hinton. Ses biens sont astronomiques. Vous pouvez confier cette information à vos parents, mais c'est tout, et seulement s'ils jurent de la garder pour eux. C'est une question de sécurité, pour vous plus que pour quiconque.

Non. C'était trop beau pour être vrai. Elle ne croyait plus aux miracles ; c'était forcément une erreur ou pire… Une mauvaise blague.

Comme elle restait silencieuse, il poussa un soupir.

— J'ai été envoyé par le cabinet juridique qui gère les biens de votre père. L'avocat chargé du dossier était retenu au tribunal cette semaine, mais comme c'est un ami et que l'entreprise de ma famille s'occupe de la fortune Hinton, j'ai été envoyé à sa place.

Le sang rugissait à ses tempes et noyait la voix de Nick. Un seul mot résonnait en elle.

— Mon *père* ? souffla-t-elle.

Sa mère biologique lui avait martelé que son père n'était pas important, qu'elles n'avaient pas besoin de lui. C'était faux, bien sûr : sa mère n'avait pas pu la garder, après tout.

— D'après l'avocat de votre père, la trace documentaire suggère que Mark Hinton est votre père biologique. Mais il est nécessaire de confirmer votre parenté avec un test ADN.

Elle s'enfonça contre le dossier de la banquette, sonnée.

— Mon père était riche…

— L'un des premiers multimilliardaires du pays. Et si la presse l'apprend avant que l'équipe juridique n'ait eu le temps de préparer votre protection, le pays entier va se jeter sur vous. Chantage, kidnapping, escroquerie, ce sont des risques réels dans une situation comme celle-ci. Je suis descendu pour vous annoncer la nouvelle, mais aussi pour vous emmener à New

York. Là-bas, les avocats de M. Hinton pourront vérifier votre identité plus rapidement.

Il montra son portable d'un petit mouvement de menton.

— Cherchez son nom sur Google, Leni.

Elle avait le cœur serré, l'esprit embrumé. Dans un état second, à deux doigts du vertige, elle baissa les yeux sur son écran et fit défiler des pages et des pages de résultats. *Millionnaire, reclus, prodige de l'industrie pétrolière, héritiers disparus*, une liste de gros titres à n'en plus finir. Son cœur rata un battement et repartit au galop avec une telle frénésie qu'elle craignit un instant de perdre son sang-froid.

— Vous… pensez que ce… Hinton est mon *père* ?

— Son avocat en est presque certain. Les certificats sont solides. Le test d'ADN confirmera ce que l'administratif prouve déjà.

Elle déglutit difficilement, la gorge nouée.

— Pour votre sécurité et pour assurer la confidentialité de l'affaire, il vaudrait mieux partir pour New York dès maintenant.

Il se tut un instant et chercha son regard.

— Acceptez-vous de venir avec moi, Leni ?

Dix minutes plus tôt, son offre aurait sans doute fait frémir son pouls. Mais maintenant ? L'inconnu souriant avait disparu derrière un mur de distance et de professionnalisme. Et même s'il lui faisait miroiter des sommes suffisantes pour soutenir ses parents à vie, elle ne pouvait pas partir à New York avec un homme qu'elle connaissait à peine. Pas sans preuve qu'il n'était pas fou à lier.

— Donnez-moi une journée ?

— J'étais censé revenir avec vous dès aujourd'hui.

— J'ai besoin de vingt-quatre heures. Je veux expliquer la situation à mes parents et vérifier *votre* identité.

— Je peux vous fournir des références…

— Merci, mais je préfère me débrouiller toute seule. Revenez me chercher demain, M. Kourakis.

2.

Nick Kourakis quitta le restaurant, en proie à une étrange déception. Peut-être aurait-il dû se focaliser sur ses propres intérêts : convaincre Leni Long de confier sa nouvelle fortune à son entreprise, comme son père avant elle. Mais Danny Manelli, l'avocat chargé du testament, lui avait demandé de ne pas mentionner la gestion de sa fortune pour le moment ; une des clauses testamentaires promettait de donner des difficultés à l'équipe légale, et Nick risquait de compliquer la situation en parlant d'argent à Leni avant que Danny n'ait clarifié chaque détail.

Il avait rempli sa mission : il était censé se cantonner au plus élémentaire des exposés. Lui apprendre l'identité de son père biologique et proposer de l'accompagner pour commencer la procédure d'officialisation. Normalement, Nick aurait accepté la directive sans y réfléchir à deux fois. Mais aujourd'hui, face à Leni, il avait eu envie de rester, d'en dire plus, d'en savoir plus. Il ne s'était pas laissé enivrer par une attirance aussi intense depuis des années. Et cette complicité, cette chaleur immédiate… Une connexion si unique qu'il ne parvenait pas à l'ignorer, malgré sa réticence.

Absurde, c'était absurde. Il traversa le parking et se glissa à la place du passager. Derrière le volant, Jace MacDonald, le directeur de Around the World Security, s'enquit :

— Où est la fille ?

— Elle veut une journée pour enquêter sur nous.

Jace se tourna vers Nick ; le mouvement découvrit l'étui de son arme, sanglé sous sa veste en cuir.

— C'est difficile de la surveiller discrètement, ici. Les maisons et les magasins sont trop espacés. Tu aurais dû voir les gens tourner autour de la voiture pendant que tu étais dans le restaurant. Un véhicule inconnu dans un village où tout le monde connaît tout le monde ? Autant annoncer notre arrivée avec un mégaphone.

— Tant pis. Tu as entendu Danny. Cette femme vaut plus d'argent que le PIB de plusieurs petits pays réunis. Si cette information est déjà tombée entre de mauvaises mains, elle risque gros.

— C'est toi qui risques gros, s'amusa Jace. Danny va te coûter très, très cher si Leni Long décide de ne pas confier sa part de la fortune à la firme Kourakis.

Nick haussa les épaules.

— Tu sais ce que stipule le testament. Après que ses dons caritatifs ont été distribués, Mark divise le reste de sa propriété entre son premier enfant et les autres héritiers subséquents. Un bon avocat affirmera que cette désignation attribue seulement un quart du legs à Elenore.

Jace fit la moue.

— Mais proposer nos services n'influence pas cette clause. C'est ridicule.

— Danny veut juste s'assurer que nous ne dirons rien qui pourrait compliquer la situation a posteriori.

Nick comprenait la frustration de Jace, mais il ne voulait pas mettre Danny en difficulté.

— Écoute, tu connaissais Mark. C'était un homme bien. Il voulait diviser son patrimoine équitablement entre ses trois enfants. Je suis certain que Danny a l'intention de défendre cette décision auprès de chacun d'entre eux, et il ne veut pas que des informations parallèles sèment la confusion.

— Peut-être…

Jace sortit du parking et bifurqua sur la régionale.

— Il n'y a pas d'hôtel dans ce village. Roulons jusqu'à ce que je te trouve une chambre, puis je reviendrai à Mannington pour surveiller Mlle Long.

— Désolé, grimaça Nick. J'aurais préféré que nous partions tout de suite, mais elle a été catégorique.

— Pas de problème, Nick, sourit Jace. Mais dis-moi, pas trop blessé qu'elle préfère vérifier tes antécédents ? Qu'est-ce qu'elle va trouver si elle creuse un peu sur Internet ?

Nick tourna le visage vers sa vitre.

— Rien.

— Vraiment ? Le nouveau loup de Wall Street n'a pas de squelette dans le placard ?

— Pas de squelette, mentit Nick.

Mais un vrai cadavre, oui. C'était lui qui avait convaincu son frère de l'accompagner sur la route, un soir de neige et de gel. Ancien soldat de la marine, il n'avait même pas considéré le risque : il était habitué au danger. Mais le bitume glacé et la voiture en face avaient été plus forts que son arrogance, ce soir-là. Et Joe en était mort.

Mais c'était il y a déjà cinq ans. Trop lointain pour que la presse s'en préoccupe encore.

— Allez, Nick. Personne ne fait affaire avec un homme comme Hinton sans bonne raison.

— Moi, si. Vraiment, je te jure. J'aimais bien Mark.

Cette fois-ci, il ne mentait pas. Il avait rencontré Mark Hinton à Dubaï. Ils avaient parié, bu, ri, ils avaient fait du saut en parachute, ils avaient parlé d'argent. De stratégies d'investissement, surtout. Dans le monde de Nick, c'était monnaie courante ; et quand Mark avait décidé de confier la grande majorité de ses liquidités aux Kourakis, les rendez-vous s'étaient multipliés. Mark l'avait accueilli sur son yacht, invité à pêcher dans les Keys de Floride. Ils avaient bu de la tequila, discuté de ses objectifs financiers, et même de ses enfants, quoique jamais quand Mark était sobre. Les hommes puissants n'admettaient pas leurs faiblesses sans un petit coup de pouce, et le coup de pouce de Mark avait toujours été l'alcool fort. Avec assez de liqueur, Mark parlait de ses enfants, et Nick du remords et du chagrin que lui inspirait la mort de son frère. Voilà pourquoi Mark lui avait offert son amitié. Même avec trente ans d'écart, ils se comprenaient. Ils connaissaient l'erreur et le regret. Le regret, toujours présent, rôdant dans les recoins de son esprit à toute heure du jour et de la nuit. Il avait été stupide et égoïste. Son frère ne voulait pas sortir ce soir-là. Leurs parents non plus n'étaient pas d'accord.

Mais il était si certain – il avait toujours été si sûr de lui…

Après la mort de Joe, il avait abandonné sa vie d'indolence luxueuse et était retourné à New York pour reprendre l'entreprise familiale.

Et au fond, il était resté enclin à prendre des risques. Il jouait avec l'argent et la Bourse plutôt qu'avec sa vie. Et personne ne le battait jamais.

Il était devenu si doué qu'il aimait presque son travail, ces temps-ci. Jusqu'à ce qu'il se souvienne pourquoi il en était arrivé là. Jusqu'à ce que le deuil et la culpabilité le frappent de nouveau en plein cœur.

Il ne comprenait pas comment il avait pu oublier le chagrin, et son frère, et le remords, dans ce petit restaurant. Pendant une seconde, il avait ri sans arrière-pensée avec une femme qu'il ne connaissait pas. Mais lorsqu'il retournerait à New York, il retrouverait sa présence d'esprit et sa diligence. Et si les héritiers décidaient d'engager une autre firme pour s'occuper de leur fortune, il devrait débusquer de très gros investisseurs pour remplacer une telle perte.

Il ne pouvait pas décevoir ses parents une seconde fois.

Le service de Leni se terminait quelques heures après celui de sa mère. Elle évita ses questions jusqu'à son départ, et, sa journée de travail finie, rentra à la maison au pas de course. Ses parents l'attendaient dans la cuisine. Son père, assis à l'îlot central, leva les yeux de son journal et lui sourit.

— Leni ! Alors, tu vas enfin nous dire ce que voulait le garçon en joli pardessus ? lança sa mère.

Leni se força à sourire. Denise et Jake Long l'avaient adoptée quand la plupart des visiteurs ne lui adressaient pas un regard : à l'époque, elle n'était plus un adorable bébé, mais une petite fille un peu maigrichonne, avec la réputation d'être un peu difficile à l'école.

Les Long lui avaient offert un foyer, l'avaient toujours traitée comme leur fille. Et aujourd'hui, elle avait appris qu'en plus de sa mère biologique, qui l'avait laissée en foyer, elle venait de perdre un père richissime qui n'avait tout simplement jamais voulu d'elle.

Encore une fois, elle remerciait le ciel de lui avoir envoyé ses parents adoptifs. Elle s'assit près de son père.

— D'abord, il faut que je vous prévienne. Vous devez absolument garder le secret.

Ils hochèrent tous deux la tête.

— Le « garçon en joli pardessus » s'appelle Nick Kourakis. Il est propriétaire d'une firme de gestion financière à New York et il est venu m'apprendre que je vais peut-être toucher un héritage.

Le visage buriné de son père s'éclaira. Il avait des pattes-d'oie profondes, creusées par une vie de travail au soleil.

— C'est génial ! Non ?

Sa mère avait contourné la cuisinière pour venir l'enlacer.

— Je suis si heureuse pour toi !

— Attendez, ce n'est pas complètement sûr. Il faudrait que j'aille à New York. Ils veulent que je passe un test ADN pour vérifier mon identité. Et franchement, je n'y croirai pas tant que je n'aurais pas la confirmation, moi non plus.

Une partie d'elle-même aurait préféré que Nick ait tort. Si Mark Hinton avait été pauvre, elle aurait peut-être compris pourquoi il n'avait jamais voulu la prendre à sa charge ; mais s'il était riche… Pourquoi n'avait-il pas payé une pension à sa mère ? Sa mère avait dû la laisser à la DDASS parce qu'elle était tombée malade : elle avait dû choisir entre son traitement médical et nourrir sa fille. C'était… dégradant, insultant, égoïste.

Et s'il s'avérait que Mark Hinton était son père biologique, comment apaiserait-elle sa rancœur ?

— Tu as raison de ne pas t'emballer, chaton. Mais peut-être que la chance tourne enfin pour notre famille ?

Elle leva les yeux vers son père. Il avait mis le doigt sur le nœud du problème. Une petite voix lui chuchotait d'envoyer Nick Kourakis sur les roses : elle avait fini ses études, elle avait une carrière devant elle, elle saurait s'en sortir sans cet argent tombé du ciel.

Mais pas ses parents.

Ils ne lui avaient jamais demandé un sou, mais si elle héritait d'une somme suffisante pour soigner son père et assurer sa retraite anticipée, elle n'hésiterait pas une seconde.

— Exactement, dit-elle en se levant, dans un sourire. Je vais aller faire une petite recherche sur les Kourakis, cela dit. Je n'ai pas l'intention de prendre l'avion avec un inconnu.

— Tu as bien raison, ma fille, acquiesça son père en souriant.

L'appellation, si simple, lui transperça le cœur. Elle était sa fille. Sa fille à lui. Pas l'enfant d'un donneur de sperme inconnu qui n'avait jamais songé à prendre de ses nouvelles.

Cet homme-là, Mark Hinton, ne serait jamais son père.

Nick réapparut vingt-quatre heures après leur première rencontre, cette fois accompagné d'un autre homme. Il lui avait téléphoné la veille pour la prévenir qu'il viendrait chez elle pour 10 heures. Il lui avait laissé le temps de s'informer sur lui, sur son entreprise, de parler avec ses parents et de faire ses valises.

Maintenant, il était temps de partir pour New York.

Dans le froid de la fin novembre, elle embrassa ses parents et les serra contre son cœur. Elle les laissa sur le pas de la porte, le cœur encore alourdi par les sentiments complexes qu'elle éprouvait à l'encontre de Mark Hinton.

Nick laissa la carte de Danny Manelli à ses parents, puis lui présenta Jace MacDonald, qui lui ouvrit la porte arrière de la voiture. Au lieu de monter devant, Nick s'installa près d'elle. Elle haussa un sourcil interrogateur.

— Jace est à la tête d'Around the World Security, une agence de sécurité renommée. Il sera votre garde du corps à New York.

— Un garde du corps ?

Jace croisa son regard dans le rétroviseur.

— Croyez-moi, si vous valez des milliards, vous allez en avoir besoin.

— Des *milliards* ? répéta-t-elle avec un rire incrédule.

— Oh ! oui, renchérit Nick en souriant. Mark était richissime.

— Je sais, j'ai lu beaucoup de choses sur lui hier soir. Mais c'est si… difficile à croire.

Elle laissa son regard voguer par la fenêtre. Milliardaire, alors que sa mère était trop pauvre pour la garder.

L'insulte la faisait frémir de colère.

Jace bifurqua sur l'autoroute, et, vingt minutes plus tard, la voiture déboucha sur une piste d'atterrissage privée. En voyant un élégant jet rouge et argenté, elle lâcha une exclamation ébahie.

— C'est le mien, mais il est moins impressionnant que celui de votre père, plaisanta Nick.

Bien sûr : elle avait découvert hier soir que Nick, lui aussi, était à la tête d'une petite fortune. La branche investissement de la firme Kourakis avait connu un succès fulgurant. Toutefois, elle ne s'attendait pas à prendre *son* avion. C'était étrange, non ? Pourquoi ne pas utiliser celui des Hinton ?

Nick l'observait du coin de l'œil. Elle croisa son regard ; son cœur s'accéléra, et elle baissa immédiatement les yeux. Vraiment, ce n'était pas le moment de se laisser aller à… À quoi ? Une attraction complètement malvenue ? Il était responsable d'elle, et elle avait assez à faire avec cette situation abracadabrante et ses sentiments ambivalents.

Qui plus est, Nick lui cachait quelque chose, elle en aurait mis sa main au feu. Elle devait rester sur ses gardes, pas tomber en pâmoison devant ses très beaux yeux.

Jace sortit de la voiture et lui ouvrit la portière. Ils montèrent tous les trois dans l'avion. Cette fois, elle parvint à retenir son exclamation admirative, mais tout juste. La grande cabine abritait de confortables sièges de cuir blanc ; les petits hublots étaient couverts d'élégants rideaux couleur perle. Un bar sombre et épuré était niché dans le fond, et le sol était tapissé de rouge.

Elle inspira profondément : elle ne voulait pas réagir comme une petite campagnarde. Pas laisser des inconnus profiter de sa naïveté. Avec un calme étudié, elle retira son Perfecto élimé et se glissa dans un fauteuil.

— Le vol ne durera que trois heures, expliquait Nick, mais la piste privée est hors de la ville. Nous aurons environ une heure et demie de trajet en limousine une fois arrivés.

En *limousine*. Elle déglutit. Nick lui avait pris sa veste des mains et la confia à un steward.

— Ne vous inquiétez pas, vous vous habituerez très vite. La limousine est le véhicule le plus pratique pour vous déplacer à New York, tout comme le jet pour les voyages inter-États.

Il montra le reste de la cabine d'un geste.

— Vous trouverez la cuisine à gauche. Si vous avez faim, demandez simplement Marie. Elle va bientôt servir le déjeuner. Au fond, il y a un bureau-chambre. Je pense que Jace la prendra après le décollage ; il a veillé toute la nuit pour garder un œil sur votre maison, il a besoin d'une sieste.

— Il a veillé toute la nuit ?

— C'est son métier, Leni.

Son visage devait trahir sa confusion, car Nick lui offrit un sourire rassurant.

— Mettez-vous à l'aise. Vous allez pouvoir profiter pleinement de votre nouveau mode de vie.

Elle n'arrivait même pas à s'imaginer dans une limousine ou posséder un jet privé, pour le moment.

— J'ai du travail, mais je serai dans le fond si vous avez besoin de moi, conclut Nick en se détournant déjà.

— Attendez ! Pourquoi voyageons-nous dans votre jet plutôt que dans celui de mon père ?

Nick se figea, surpris.

— Oh… Hum, parce que nous n'utiliserons aucune des possessions Hinton jusqu'à nouvel ordre.

— Pourquoi pas ?

Il poussa un soupir.

— Nous ne voulons pas attirer l'attention sur votre existence avant d'avoir la preuve irréfutable de votre statut.

Elle haussa un sourcil. Cette fois, il inspira profondément, visiblement mal à l'aise.

— Le monde entier veut savoir qui héritera d'une fortune aussi décadente. Danny a pris des précautions pour trouver les héritiers de Mark Hinton tout en assurant leur sécurité. Par exemple, ne pas utiliser ses biens ou ses propriétés. Il s'agit juste de rester discrets. La presse comprendrait vite qui vous êtes si nous voyagions dans l'avion de Mark.

Elle soutint son regard brun pendant une longue seconde, puis secoua la tête. Elle savait qu'il ne lui avait pas tout dit. Elle ne pouvait pas insister tant qu'elle n'avait pas les résultats d'ADN pour soutenir sa légitimité ; mais elle avait bien l'intention de garder un œil sur lui.

Nick retint un soupir de soulagement et reprit son chemin vers le fond de l'avion. Ses questions ne le dérangeaient pas ; elles étaient justifiées et assez générales pour qu'il puisse lui répondre sans peine. Non, c'était sa proximité qui le troublait. Depuis quand sa maîtrise de lui-même pouvait-elle être si facilement mise à mal ? Quelques minutes près d'elle suffisaient à l'enflammer.

Arrivé devant son fauteuil, il s'aperçut qu'il avait oublié son porte-documents. Il tourna les talons et, arrivé devant Leni, ouvrit le compartiment au-dessus de son siège.

Elle leva ses beaux yeux verts, ourlés de cils épais.

— J'ai juste oublié mon cartable, expliqua-t-il en essayant d'ignorer le halo rutilant de ses longs cheveux bruns.

Lorsqu'elle lui sourit, son cœur rata un battement. Il retint un grognement de frustration et prit la fuite. Il avait hâte d'arriver à New York et de laisser derrière lui les sensations incompréhensibles qu'elle évoquait en lui. Comment expliquer une réaction aussi viscérale, aussi intense ? Bien sûr, il avait été surpris qu'elle soit aussi jolie : Mark Hinton n'avait jamais été bel homme. Quoi qu'il en soit, il ne laissait jamais les émotions le dominer, et il allait rapidement mettre un terme à cette tocade.

Un mouvement, à l'avant de l'avion, attira son regard. Il leva les yeux vers Leni, qui s'était levée pour glisser son sac dans le compartiment. Elle renversa le visage en arrière en se hissant sur la pointe des pieds, et ses longs cheveux cascadèrent dans son dos.

Bon Dieu. Il s'arracha à sa contemplation, submergé par la frustration. Pour la première fois depuis que Danny lui avait présenté ses directives, il était heureux qu'on lui ait ordonné de garder ses distances. Il ne voulait pas de cette tentation. Il avait des responsabilités, une entreprise à diriger, des parents à satisfaire. Il n'avait ni le temps ni l'énergie de combattre une attraction si… irrésistible.

Il se plongea dans le travail et ne releva pas les yeux avant la descente du jet. Plutôt que de retourner à l'avant pour ranger ses affaires, il cala son porte-documents sous son fauteuil et attendit de toucher terre. Plus qu'une heure et demie en sa compagnie, puis il laisserait Leni aux soins de Danny ; et il pourrait oublier toute cette affaire.

3.

Avec le décalage horaire, il était presque 15 heures quand ils atterrirent à New York. Leni avait dégusté un repas merveilleux ; elle n'avait pas revu ses bagages depuis qu'elle était montée dans la voiture, à Mannington, mais quelqu'un avait dû s'en charger. Nick lui avait conseillé de profiter de ces nouveaux conforts… Mais tout de même. Des bagagistes fantômes ? Un avion privé ? Un chef engagé pour un aller-retour d'une journée dans le Kansas ? Tout cela, pour elle ?

Elle n'arrivait toujours pas à y croire.

Comme promis, une limousine les attendait près de la piste d'atterrissage. Dans son vieux jean et ses bottes craquelées, Leni se sentait parfaitement déplacée. Et même si les décorations de Noël qui clignotaient dans les vitrines, sur les lampadaires et les parcmètres lui rappelaient Mannington, la ville lui fit l'effet d'un autre monde : elle n'avait jamais vu autant de bâtiments, autant de gens dans un seul endroit.

Mais elle tut sa nervosité. Elle ne voulait ni être attirée ni douter de Nick, mais ces deux émotions bataillaient tout de même en elle, et il était plus prudent de laisser la méfiance tromper l'alchimie.

Lorsque la limousine se gara devant un gratte-ciel si haut qu'elle ne pouvait en voir le dernier étage, Nick annonça :

— C'est notre premier arrêt. Votre avocat.

— Mon avocat ?

— En charge de votre fortune.

Elle s'étrangla.

— Je ne peux pas le voir en jean ! Vous auriez dû me prévenir ! Je pensais que nous allions directement à l'hôtel !

— Tout ira bien. Vous venez d'un milieu modeste et vous venez d'apprendre que vous êtes milliardaire. Vous n'avez pas besoin de prétendre être quelqu'un d'autre.

— Je n'en avais pas l'intention, rétorqua-t-elle.

Le chauffeur ouvrit la portière. Nick sortit le premier et lui tendit la main. La neige tombait légèrement autour de lui, et il l'attira à son tour dans le froid scintillant. Les flocons qui brillaient comme une poussière d'argent dans ses cheveux sombres lui rappelèrent la première image qu'elle avait eue de lui. Souriant, attirant, amusant. À un souffle de ses lèvres, elle tenta de réprimer le magnétisme qui la liait à lui.

Avant même de connaître son prénom, elle lui avait parlé de ses projets. Il avait mentionné sa famille et sa jeunesse rebelle. Quelque chose était passé entre eux – une connexion. Un lien qui crépitait aussi férocement que la veille. Et malgré ses secrets, dans le tumulte de ses nouvelles angoisses, Nick semblait soudain être son seul port d'attache.

Difficilement, elle fit un pas en arrière.

— Si on m'annonce que je suis bel et bien l'héritière, j'ai peur d'être ridicule ou de dire quelque chose de stupide ou de faire une erreur et je …

Il plongea son regard dans le sien en prenant sa main.

— Rien de ce que vous pourrez dire ne vous donnera l'air stupide ou ridicule. Et même si je ne vous connais que depuis hier, je sais que vous êtes forte. N'ayez pas peur, Leni. Vous pouvez affronter ce qui vous attend.

L'assurance qui rayonnait dans ses yeux bruns enflamma son cœur et sa chair. Le voilà, le Nick en qui elle avait immédiatement eu confiance. L'homme qu'elle avait trouvé irrésistiblement accessible, irrésistiblement charmant. Elle déglutit avant de retrouver l'usage de la parole.

— Oui. Oui, vous avez raison.

Il fit glisser ses doigts jusqu'à son coude et la mena dans l'entrée vitrée. Le contact la brûla à travers sa veste en cuir et jusqu'à ses veines. Elle ne savait pas ce qui la touchait tant chez lui, mais elle n'avait jamais connu une émotion aussi puissante, aussi innée.

Une petite part d'elle-même lui chuchotait qu'elle pouvait écouter son instinct. Que Nick méritait sa confiance.

Et baisser sa garde devenait plus tentant à mesure qu'elle avançait dans le hall, ceint de grandes colonnes et couronné d'un médaillon aussi ornementé qu'un écusson royal. Seule la poigne rassurante de Nick à son coude empêcha ses genoux de flageoler. Ici, pas de couronnes de pin en plastique ou de guirlandes clignotantes. Seulement de luxueux bouquets de poinsettias frais et quelque trente employés, tous vêtus avec la même sophistication que Nick. Quant à lui, il avait accéléré le pas, de nouveau impassible.

Pourquoi voulait-elle tant s'accrocher à un inconnu ? Elle lui inventait des qualités qu'il n'avait pas, c'était évident. Il ne la touchait que quand elle avait absolument besoin d'aide, lui parlait à peine, l'avait ignorée pendant tout le vol. Il se contentait de faire son travail. Rien de plus.

Nick la guida jusqu'à une série d'ascenseurs privés, sécurisés par des pavés numériques. Il tapa une série de numéros sur le troisième et les portes métalliques coulissèrent silencieusement.

Elle inspira, ajusta sa veste, et lissa son col roulé en priant pour qu'il ait l'air plus neuf qu'il ne l'était – Dieu savait qu'elle n'était pas assez habillée pour cette rencontre.

Quand ils sortirent de l'ascenseur, directement dans un immense bureau dont la baie vitrée révélait une vue de Manhattan à couper le souffle, elle manqua de chanceler. Les autres tours semblaient si proches qu'elle aurait pu tendre la main et les frôler ; les murs de verre et d'acier lui donnaient l'impression de marcher dans le ciel.

Une porte s'ouvrit à l'autre bout de la pièce.

— Bonjour, Nick, sourit une femme en tailleur. Est-ce que tu pourrais venir dans mon bureau une minute ?

Nick lui jeta un coup d'œil, mais elle se força à sourire.

— Allez-y, je peux attendre. Je vais aller espionner les gens du building d'à côté par la fenêtre.

Il étouffa un petit rire, de justesse. Leni était l'une des personnes les plus solaires qu'il ait jamais rencontrée ; vive et naturelle, avec un sourire terriblement communicatif. Cependant, il devait retenir ses marques d'intérêt. Dans dix minutes, il aurait rempli sa mission. Retrouvé sa tranquillité d'esprit. Il serait prêt à laisser Leni derrière lui.

Il suivit l'assistante de Danny, Mary Catherine. Elle montra le téléphone sur son bureau.

— J'ai M. Manelli au téléphone.

Il haussa les sourcils.

— Au téléphone ? Il était censé nous attendre ici.

Elle contourna le fauteuil et se dirigea vers la porte.

— Je vous laisse vous expliquer.

Elle s'éclipsa discrètement et Nick attrapa le combiné.

— Où es-tu ?

— Coincé au tribunal. Tu sais, le dossier qui m'a empêché d'aller chercher Elenore Long moi-même ? Le juge a refusé de m'accorder une prorogation. Je ne peux pas partir. Ne t'inquiète pas, ce n'est qu'un dossier d'affaires. Il pense que ce sera réglé d'ici un ou deux jours.

— Et pourquoi m'appelles-tu ici ?

— Parce que nous ne pouvons pas laisser Elenore Long se morfondre dans un hôtel en attendant.

— Danny, j'ai accepté de te rendre service parce que je sais combien Mark s'inquiétait pour la protection de ses enfants, mais…

— Ce n'est pas ma faute, Nick. Les circonstances ont changé, mais ce n'est qu'un petit délai.

Nick serra les dents.

— Jace est son garde du corps. C'est lui qui devrait rester avec elle, pas moi.

— Jace a une urgence. Lui et la majorité de son équipe

sont déjà en partance pour le Salvador. Il ne reste plus que toi. Tu sais que l'identité des héritiers doit rester aussi secrète que possible. Engager quelqu'un d'autre, c'est prendre le risque que l'information se propage.

— Je ne suis pas garde du corps !

— Tant que personne ne la connaît, Elenore n'est qu'une touriste à New York. Pas besoin d'un garde du corps.

— Et qu'est-ce que je vais faire d'elle ?

Coincé, il était coincé. Il ferma les yeux. En le sentant fléchir, Danny répondit avec enthousiasme :

— Tout ce que tu veux, Nick ! New York est une grande ville. Tu peux la distraire pendant une semaine sans problème.

— Une semaine ? !

— Maximum ! Juré ! Et ne lui parle pas de la succession.

Pendant que Danny lui donnait le nom de l'hôtel où il avait réservé une chambre pour Leni, son regard vogua à travers la cloison en verre qui cloisonnait le bureau de Mary Catherine. Leni admirait la vue, les yeux écarquillés.

Et elle lui avait avoué qu'elle avait peur.

Il frotta son visage d'une main lasse. Il aurait voulu étouffer ce sentiment inconnu – ce besoin de l'aider, de la soutenir, de la toucher. Jace et Danny n'étaient pas les seuls à avoir des projets pour la soirée : il avait eu la ferme intention de noyer son attraction dans une bouteille de whisky et quatre bonnes heures de travail abrutissant avant de dormir.

— Va l'installer à l'hôtel et emmène-la dîner, d'accord ?

— Tu me dois vraiment une fière chandelle, Danny.

— Pourquoi ? Est-ce qu'elle ressemble à Mark ?

— Non, elle a tout hérité de sa mère. Elle est…

Il se tut, et Danny rit doucement.

— Tant que ça, hein ? Bon, il faut que j'y aille. Je te promets de conclure ce procès le plus vite possible.

Nick reposa le combiné et inspira lentement, profondément. Sa vie n'avait gravité qu'autour de son travail, et seulement son travail, depuis des années. Il ne voulait pas désirer Leni. Pas apprécier Leni. Il voulait fuir à toutes jambes. Qui plus est, elle était trop gentille pour lui. Généreuse et innocente. Aux antipodes de lui-même.

Oh ! il était ridicule ! Il était capable de se maîtriser quelques jours, et il était heureux d'aider Danny, de faire une dernière faveur à Mark. Il sortit du petit bureau et fila vers l'ascenseur.

— Allons-y, Leni.

Leni trottina derrière lui.

— Où donc ?

— Votre avocat est coincé au tribunal. Je vous emmène à l'hôtel, puis nous irons dîner.

Il se tourna vers le clavier et pressa le bouton.

— Je ne peux pas dîner avec vous.

Amusé, il se tourna vers elle.

— Vous m'abandonnez ?

Elle pointa du doigt son costume trois-pièces et son manteau sur mesure.

— Non, mais je ne peux pas aller dîner avec une gravure de haute couture alors que je suis en *jean*.

— Dans ce cas, allons acheter une robe avant d'aller à l'hôtel. Allons acheter tout ce que vous voulez. Danny a ouvert un fonds confidentiel destiné à la recherche et à l'installation des héritiers de Mark.

Elle écarquilla les yeux.

— Je ne vais pas vous laisser m'acheter des vêtements ! Je ne peux pas vous rembourser, si je ne suis pas vraiment la fille de Mark Hinton.

— Ce n'est pas mon argent. Le compte est utilisé pour tous les frais liés à la succession. Tant que vous êtes ici, l'équipe de Danny est responsable de vous, et vos désirs sont des ordres. Pas de remboursement. Tous les autres héritiers bénéficieront du même traitement.

— La limousine et l'hôtel, je ne peux pas refuser, mais je n'ai pas *besoin* de vêtements.

— Très bien, dit-il d'un ton neutre.

Elle l'avait agacé, de toute évidence. Un muscle tiquait dans sa mâchoire, mais il se contenta de la guider vers la grande porte tournante. Elle émergea dans l'air froid, puis s'engouffra dans la limousine. Ils roulèrent quelques minutes avant de s'arrêter dans l'avenue la plus animée qu'elle avait jamais vue. Les grands écrans et les projecteurs étaient familiers, cependant – ils étaient à Times Square !

Elle se figea, bouche bée, au milieu du tumulte.

— Votre hôtel est par là.

Nick amorça un geste vague vers la droite ; mais le seul hôtel en vue était situé bien plus bas.

— Nous y allons à pied ?

— Pour éviter le trafic, oui. Ce n'est pas loin.

Elle était heureuse de marcher, pour être honnête ; le vent glacé piquetait agréablement son visage, et l'animation éclatante de Times Square apaisait un peu ses angoisses. Pendant un instant, elle pouvait oublier Mark Hinton et l'argent et l'homme qui marchait à ses côtés, aussi séduisant qu'il était maussade.

— Marcher, c'est très bien, sourit-elle en enfonçant ses mains dans ses poches. Ça me fait faire un peu de tourisme.

Il pointa une grande tour de briques et d'ardoise, aux longues fenêtres épurées et à l'entrée vitrée, tenue par un concierge en livrée.

— Mon bureau est juste là-bas.

— Waouh, souffla-t-elle en essayant de suivre ses grandes enjambées. Comment c'est, de travailler dans tout ce bruit, avec tous ces gens ?

— Les fenêtres sont en double vitrage.

Elle laissa échapper un petit rire.

— Nick, vous savez ce que je veux dire. Vous avez vu d'où je viens. Il y a environ mille cinq cents personnes à Mannington, et nous en avons déjà croisé le double sur cette avenue. Vous ne pouvez pas tous les connaître. Comment décidez-vous à qui faire confiance ?

Il tourna son beau visage vers elle.

— La réputation.

— Et comment connaissez-vous leur réputation ?

— Le bouche-à-oreille. Je connais toujours quelqu'un qui

connaît quelqu'un, etc. Et puis, s'ils sont assez haut placés dans la hiérarchie, ils auront laissé des traces écrites.

— Comme quoi ?

— Comme des articles dans des journaux professionnels. Une simple recherche Internet peut en dire long.

— Est-ce que vous avez cherché des choses sur moi ?

— Pas moi, Danny, dit-il avec une moue pensive.

— Ce Danny, il est important ?

— Son cabinet gère le patrimoine des Hinton. Il est responsable. De leur succès comme de leurs problèmes.

Oh ! elle commençait à comprendre – Nick ne lui mentait pas, mais il ne lui donnait jamais de réponse directe… Parce *qu'elle* était un des problèmes de Danny, n'est-ce pas ?

— Et responsable de moi, pas vrai ?

Il s'arrêta net et la scruta avec attention.

— Oui. Oui, responsable de vous.

Un frisson la parcourut. Il s'était figé avec elle, et il la contemplait comme s'il ne pouvait détourner le regard. Leur toute première conversation, avant qu'il ne connaisse son identité, avait crépité entre eux comme une étincelle. Elle n'était pas naïve ; elle savait reconnaître les signes. Mais il voulait combattre le magnétisme qu'il ressentait autant qu'elle. Pourquoi ? À cause de son héritage ? Parce qu'il risquait de faire une erreur qui coûterait cher à ce Danny ?

— Vous n'avez pas le droit de faire ami-ami avec moi, murmura-t-elle sans le lâcher du regard.

— Non.

— Et vous avez décidé de compenser parce qu'au restaurant… Je vous plaisais bien, c'est ça ?

— Oui. J'aurais dû faire attention. Écoutez, Leni, vous êtes amusante et adorable, et si… chaleureuse, mais ma vie ne me permet pas de poursuivre ce genre de choses, et… Et vous allez sans doute hériter d'une énorme fortune qui va changer votre vie du tout au tout. Vous ne voulez pas perdre votre temps avec moi. Il vaut mieux garder nos distances.

Sa vie ne lui permettait pas de poursuivre ce genre de

choses ? Les non-dits qui entouraient l'affaire de son héritage n'expliquaient pas entièrement sa réticence, alors.

Eh bien, il valait mieux qu'elle le sache dès maintenant. Après avoir passé des mois en famille d'accueil, à prier pour que le prochain couple l'aime assez pour l'adopter, et le prochain, et le prochain, elle ne voulait pas tenter le diable. Son enfance avait laissé des traces : poursuivre Nick alors qu'il était passé sans transition de la familiarité complice à la froide indifférence risquait de faire renaître des angoisses qu'elle préférait oublier. Dieu merci, elle avait tiré les choses au clair avant que la situation ne lui échappe.

— D'accord.

À sa grande surprise, il rit doucement.

— D'accord ?

— Oui, d'accord. Maintenant que vous m'avez dit la vérité, je comprends pourquoi vous êtes aussi étrange depuis que vous connaissez mon identité.

— Je ne suis pas étrange.

— Oh ! vraiment ?

— Vous avez un exemple ?

— Vous étiez bavard et amusant, au début.

— Moi ? J'étais amusant ?

— Pas hilarant, attention, riposta-t-elle avec un clin d'œil. Mais… malicieux. Très mignon.

— Mes parents tomberaient des nues, s'ils savaient.

Il reprit son chemin, et elle s'élança à sa suite.

— Je ne manquerai pas de le leur raconter.

— Vous ne les rencontrerez pas, Leni.

Elle étouffa un soupir. Nous y voilà – il était de nouveau sur la défensive. Elle comprenait son point de vue, mais ils étaient coincés ensemble pour le reste de la journée. Il allait devoir faire un petit effort s'il ne voulait pas qu'ils meurent tous les deux d'ennui.

— Nick, souriez un peu. Comptez-vous vraiment m'emmener dîner ce soir ?

— Bien sûr. Je connais un restaurant parfait.

— Mais pas cinq étoiles, n'est-ce pas ?

Elle fit la moue en montrant son jean. Elle avait apporté une robe, mais seulement pour rencontrer l'avocat.

— Vous êtes sûre que vous ne voulez pas aller faire un peu de shopping ? Ne voyez pas cela comme de la charité : Danny veut que votre séjour ici soit le plus discret possible. Vous vous intégrerez mieux avec la garde-robe adéquate.

Il montra une grande boutique, plus bas sur l'avenue.

— C'est là-bas que j'achète des vêtements à ma mère pour Noël et son anniversaire. Je vais demander à Danny de vous y ouvrir un compte. Dès demain, si vous avez envie d'une robe ou d'une paire de chaussures ou de quoi que ce soit, vous n'aurez qu'à aller y faire un tour et ils vous aideront à choisir. D'accord ?

— Dans une boutique où votre *mère* achète ses vêtements ? dit-elle en riant. Merci, Nick, mais…

— C'est une très belle boutique ! Et ils ont aussi une jeune clientèle.

Il avait tenté de prendre l'air sévère, mais elle voyait sans peine ses lèvres frémir sur un sourire retenu. Elle tenta de maîtriser l'excitation qui montait en elle. Nick avait raison ; elle voulait ressembler à ces femmes sophistiquées, vêtues de soie et de cachemire. Mais à quoi bon ? Elle ne porterait jamais des choses pareilles quand elle rentrerait à Mannington. Elle ne voulait pas gaspiller l'argent d'un homme qui n'avait jamais pensé à elle. L'argent qu'elle ne voulait même pas, à part pour aider son père, son vrai père. Elle était venue dans l'espoir de soutenir ses parents. Elle n'avait pas besoin de luxe et de frivolités.

— C'est gentil, mais c'est non. Je n'achèterai rien.

— On ne sait jamais.

— *Je* sais.

— Laissez-moi le bénéfice du doute, Leni.

Elle secoua la tête. Pour un garçon si déterminé à lui parler le moins possible, Nick avait vraiment toujours le dernier mot.

4.

Arrivée devant l'entrée grandiose de l'hôtel, Leni s'immobilisa. La façade immaculée supportait une énorme couronne de Noël au-dessus d'un portique scintillant, illuminé par des guirlandes rouges.

Son cœur se serra. Sa maison lui manquait déjà – les fêtes de Noël, les chorales sur la place, les soirées passées à faire des biscuits avec sa mère. Elle n'avait jamais quitté Mannington très longtemps, mais Nick avait parlé d'un séjour de deux semaines ; elle serait rentrée une bonne semaine avant Noël.

Nick avait continué son chemin à travers le grand hall, et elle le suivit jusqu'à la réception. Il donna son nom et attrapa la clé magnétique ; en quelques minutes, ils grimpaient dans l'ascenseur.

Il ne lui adressa pas une parole : ni pendant leur ascension jusqu'au dixième étage, ni dans le luxueux couloir menant à sa chambre. Il passa la carte devant le boîtier électronique et ouvrit la porte de sa suite.

Une exclamation émerveillée lui échappa. Une immense baie vitrée courait sur tout le mur du fond et révélait la beauté chaotique de Times Square dans toute sa splendeur. Deux canapés entouraient une large cheminée, non loin du bar placé dans le coin. Devant les grandes fenêtres, une table à manger et des chaises tapissées avaient vue sur la ville.

— Tout ça… Juste pour moi ?

— Bien sûr.

— Mais la chambre doit coûter une fortune !

— Le cabinet a de la fortune à revendre, ne vous inquiétez pas. Je peux revenir vous chercher à 7 heures ?

Elle hocha la tête.

— Si vous avez besoin de quoi que ce soit en attendant, n'hésitez pas à appeler le concierge.

Et sur ces mots, il tourna les talons et la quitta.

Elle embrassa de nouveau la pièce du regard. Pas de télévision ? Elle remarqua un immense miroir au-dessus de la cheminée, puis la télécommande sur le manteau de marbre.

Elle rit doucement en comprenant son erreur, puis s'assit avec précaution sur l'un des canapés écarlates en savourant le confort décadent du cuir souple. Vivrait-elle vraiment ainsi, si elle était l'héritière de Mark Hinton ?

Dans le silence, le visage impassible de Nick lui revint. Elle ne voulait pas juger trop vite, mais elle avait l'impression qu'avec la richesse venait aussi une bonne dose de solitude. Elle ne l'avait même pas vu parler à leur chauffeur. Il n'avait pas dit bonjour à leur pilote, dans l'avion. Pas remercié l'équipage qui les avait accueillis sur la piste privée. Il traversait le monde sans le voir, comme enfermé dans une bulle dorée.

Et c'était du gâchis. Il était beau, intelligent, il avait de toute évidence réussi dans sa profession. Son père adoptif, qui avait travaillé d'arrache-pied toute sa vie et avait toujours peiné à joindre les deux bouts, se considérait comme l'un des hommes les plus chanceux de la planète. Mais Nick, lui, semblait ignorer tout le bonheur qui pouvait accompagner ses privilèges. Peut-être aurait-elle l'occasion de lui rappeler à quoi la joie de vivre ressemblait.

Nick toqua à la porte de Leni à 7 heures pile. Quand elle lui ouvrit, il amorça un pas en arrière, soufflé. Le petit elfe de Noël s'était métamorphosé. Elle portait une simple petite robe noire, un peu de maquillage sur les yeux, des lèvres rouge carmin et avait relevé ses cheveux en chignon ; avec ses chaussures à talons, elle lui arrivait sous le menton, cruellement proche, tout juste à portée de baiser.

Il déglutit et secoua la tête. Idiot. Elle était belle, il le savait déjà ; et il savait aussi qu'il n'y aurait *jamais* de baiser.

Mais cette promesse silencieuse résonna dans son âme avec un son creux et sourd, étrangement mélancolique.

— Vous êtes très jolie, déclara-t-il d'un ton neutre.

— Très jolie ?

Elle tourna sur elle-même.

— Je suis fabuleuse, Nick. C'est la robe que j'ai achetée pour ma remise des diplômes, la semaine dernière. Je l'avais apportée pour mon rendez-vous avec l'avocat, mais…

Un autre pincement au cœur. Son enthousiasme radieux était si rafraîchissant, si adorable qu'un rire frémit sur sa langue, difficilement contenu.

Il avait oublié les plaisirs simples, l'émerveillement de l'ordinaire. Non, c'était pire que cela : il avait activement cessé de profiter de quoi que ce soit. Pendant toutes ces années, il avait cherché l'engourdissement, mais un sourire de Leni suffisait à briser ses défenses.

Il se languissait presque de se joindre à elle. De sourire de tout et de rien. Mais il avait laissé tout cela derrière lui.

Il s'éclaircit la gorge.

— C'est un très bon choix. La robe, les chaussures…

Elle tendit sa jolie cheville pour exhiber son pied, les yeux étincelants d'amusement.

— N'est-ce pas ? J'ai l'impression d'être assez grande pour bavarder avec vous sans risquer de torticolis.

Assez grande pour se nicher dans le creux de son cou et… Et il avait de toute évidence besoin d'une bonne nuit de sommeil. Quand il était reposé et sain d'esprit, il n'avait pas pour habitude de rêvasser, de complimenter une femme qu'il ne connaissait ni d'Adam ni d'Ève, ou de remarquer la cambrure délicate d'une cheville.

— Vous n'êtes pas mal non plus, reprit-elle, espiègle.

Il reprit ses esprits et cligna des yeux, perplexe.

— C'est ce que je portais ce matin.

Et la veille, d'ailleurs.

Mais elle se contenta de le dépasser avec un clin d'œil.

— Je sais. Je vous trouvais déjà *pas mal* tout à l'heure.

Son cerveau trébucha, sonné. Était-elle en train de… flirter avec lui ? Il s'élança à sa suite, les nerfs à vif, aiguisés par l'angoisse et l'excitation. Non, non. Ils avaient parlé honnêtement de la situation. Pas de numéro de charme. Il ne pouvait pas se laisser tenter par…

— Je meurs de faim !

Elle lui sourit en pressant le bouton de l'ascenseur, et il inspira profondément. Un moment de folie passagère, tout au plus. Il n'y avait rien entre eux. Il hocha la tête.

— Je crois que j'ai trouvé l'endroit parfait.

Devant l'hôtel, l'avenue était illuminée d'un millier de guirlandes et de lampadaires, d'écrans et de publicités. Le nez en l'air, Leni buvait les alentours des yeux, bouche bée.

Nick comprenait pourquoi Danny l'avait installée à Times Square : la place était prise d'assaut par les touristes, tous aussi curieux qu'elle. Elle se fondait dans la masse : une bonne partie des piétons s'arrêtaient régulièrement, aussi émerveillés qu'elle.

— J'espère que vous aimez la cuisine italienne.

— Oh ! j'adore !

— Venez. Je connais un petit restaurant pas très loin d'ici.

Elle se voûta contre le vent glacé, pelotonnée dans le creux de sa veste, mais ses yeux brillaient toujours d'admiration et d'humour, fascinés par la ville qu'il ne remarquait plus depuis des années.

Il ralentit le pas pour la laisser profiter du décor ; les gratte-ciel reflétant les lumières, les vendeurs de rue, les vitrines de Noël, la cacophonie des voix, des slogans et des klaxons. À travers elle, il redécouvrait New York, son rythme effarant, son mouvement incessant ; autour de lui, soudain, la nuit était vive et chamarrée.

La foule s'éclaircissait au fur et à mesure qu'ils s'éloignaient de Times Square. À quelques rues de là, il lui fit signe de tourner dans un petit escalier de fer, et lui ouvrit la porte.

L'ambiance chaude et chaleureuse les frappa dès l'entrée. Le bar était bondé, pris d'assaut par les spectateurs tout juste sortis de Broadway. Le portier prit leurs manteaux, et une hôtesse les guida jusqu'à une table au centre de la salle à manger. Le serveur se matérialisa près d'eux presque immédiatement et leur présenta une bouteille de vin.

— Du vin, cela vous convient ? s'enquit Nick.

Mark avait toujours préféré une bonne bière ; mais il n'avait pas pu influencer les goûts de sa fille.

— Oh ! je vendrais mon âme pour du vin.

Elle sourit au serveur, qui leur versa deux verres et disparut. Elle prit une longue gorgée.

— C'est fabuleux.

Il adorait la façon qu'elle avait de fermer les paupières pour savourer le vin. Curieux, il s'obligea à reprendre une gorgée en s'attardant sur sa saveur. Elle avait raison. C'était délicieux. Et elle était magnifique, dans la lumière tamisée du restaurant, avec sa petite robe noire et ses lèvres rouges.

— J'en déduis que vous passez une très, très bonne soirée.

— Nick, je vais finir par croire que vous êtes un frimeur.

— Pas du tout, je remarque juste que votre robe et le vin sont tous les deux « fabuleux » ; et que ma tenue n'est « pas mal non plus », dit-il en souriant.

— Pas besoin d'un vocabulaire diversifié quand tout est déjà parfait, riposta-t-elle avec un sourire.

Il ne put s'empêcher d'y répondre.

— Bon… Qu'est-ce que vous me recommandez ?

— Oh ! tous leurs plats de pâtes sont… fabuleux.

Le rire de Leni tinta comme du cristal.

— Pris la main dans le sac ! Vous avez de l'humour !

— De l'humour ? Comment osez-vous ?

— Nick ?

Son sourire se figea sur ses lèvres. Il pivota vers la voix familière avant de bondir sur ses pieds.

— Maman !

Leni leva les yeux sur une belle femme aux cheveux blonds et au maquillage impeccable, accompagnée du sosie de Nick, quoique plus âgé. Son père et sa mère ?

Mme Kourakis enlaça son fils.

— Chéri ! Quelle surprise !

— Oui, quelle… surprise, répéta Nick.

Leni réprima un rire de justesse. Une surprise, c'était le mot : Nick avait l'air absolument horrifié.

Il lui jeta un coup d'œil, puis déclara :

— Leni, je te présente mes parents, Amanda et Walt Kourakis. Maman, papa, voici mon amie, Elenore.

Le mot *amie* était lourd de sens ; il voulait qu'elle se comporte comme telle devant ses parents. Ils ne faisaient pas partie des quelques orchestrateurs de la succession Hinton, donc ils ne connaissaient pas la mission de Nick.

Les Kourakis l'observaient curieusement. Devait-elle se lever ? Rester assise et tendre la main ? L'hésitation la glaça une seconde de trop. Le père de Nick prit les devants.

— Enchanté de faire votre connaissance.

— Oh ! moi de même.

Amanda Kourakis sourit largement.

— Nous venons de finir de dîner. Tu as de la chance, Nick, nous avons des places pour une pièce de théâtre.

L'expression de Nick camouflait très mal son soulagement, mais il répondit :

— Dommage. Nous aurions pu manger ensemble.

Leni manqua de pouffer dans son verre de vin. Ses talents d'acteur laissaient vraiment à désirer.

Le regard amusé de Mme Kourakis glissa jusqu'à elle avant de revenir à son fils. Il dînait avec une femme et voulait de toute évidence se débarrasser d'eux le plus vite possible. La conclusion était facile.

— C'est un rendez-vous galant ? s'enquit-elle, espiègle.

— Quoi ? Non, je te l'ai dit, nous sommes amis.

— L'un n'empêche pas l'autre, rétorqua sa mère en riant.

— La question ne se pose pas pour nous. Ce n'est pas un rendez-vous galant, maman.

Mme Kourakis se tourna vers Leni.

— Il est toujours si grognon, il faut l'excuser.

La tentation était trop forte ; Leni sourit largement.

— Oh ! je ne sais pas. Quand je l'ai rencontré, il était adorable. Poli, souriant, amusant.

— Vraiment ? Nick était amusant ? Incroyable !

Nick soupira.

— Maman, s'il te plaît…

— Puisque vous êtes amis, j'imagine que je vous verrai au gala de bienfaisance que Nick organise pour l'aile pédiatrique de l'hôpital ? reprit Amanda.

Leni croisa le regard de Nick.

— Vo… *Tu* organises un gala de bienfaisance ?

Elle avait choisi le tutoiement pour ne pas démentir leur pseudo-amitié, mais le pronom glissa sur sa langue facilement, complice et naturel.

— Tous les ans, oui. Mon père fait partie de conseil de l'hôpital et je m'occupe du gala avec ma mère.

Il y avait dans sa réponse une lassitude, un épuisement qui la surprit. Elle accrocha son regard, curieuse.

— Nous accueillons d'abord une fête de Noël à l'hôpital, puis un superbe bal une semaine plus tard, pour recueillir des dons, continuait sa mère.

— C'est une belle idée.

Mais une idée épuisante. Nick était déjà à la tête de l'entreprise familiale, n'est-ce pas ? Il s'occupait de gérer des fortunes astronomiques. C'était déjà beaucoup de responsabilités ; pourquoi était-il aussi en charge de l'événementiel ?

— Bon, dit Mme Kourakis dans un sourire. Je vois que nous mettons notre fils mal à l'aise, et je ne veux pas gâcher votre soirée. J'espère que nous nous reverrons à la fête et au bal, Elenore.

— Oui, répondit son mari, les yeux fixés sur elle – alertes et critiques. Nous serions heureux de vous y voir.

Son ton disait le contraire. Mais Amanda avait l'air si sincèrement enchantée que son fils puisse avoir une petite amie qu'un éclair de culpabilité pinça le cœur de Leni.

Nick avait menti par nécessité. Elle devrait se contenter de répondre aussi vaguement que possible.

— Ce serait avec plaisir.

Sur un dernier sourire, ils reprirent leur chemin vers la porte. Une fois ses parents hors de vue, Nick se rassit.

— Je t'avais prévenu que je leur parlerais de ton sens de l'humour secret, lança-t-elle pour briser la tension.

— Tu n'aurais pas dû. Ils vont me harceler.

— Hé, j'aurais pu leur parler de ton numéro de *charme*.

Il étouffa un soupir offusqué, mais la ligne raide de ses épaules s'était assouplie. Oh oh. Si elle continuait de le taquiner, il se détendrait peut-être tout à fait.

— Ta mère a l'air très excitée à l'idée que tu aies une petite copine. C'est que tu ne lui as jamais présenté les autres candidates, ou cela fait simplement des siècles que tu n'es pas sorti de ta tour d'ivoire ?

— Un peu des deux, à vrai dire.

Elle rit doucement.

— Mes parents sont pareils. Sauf qu'ils ont essayé de me caser avec tous les apprentis de mon père.

Un éclair de nostalgie la traversa. Elle avait oublié les manigances bon enfant de l'époque, et le souvenir lui arracha un soupir.

— Mais il n'a pas travaillé sur le chantier depuis deux ans.

Et depuis deux ans, elle n'était pas sortie avec quiconque. Elle n'était pas très bien placée pour se moquer de Nick, finalement.

Le serveur vint prendre leur commande. Comme Nick le lui avait promis, son plat était absolument divin. Trop occupée à savourer chaque bouchée, elle ne remarqua pas immédiatement le silence confortable qui s'était installé entre eux. Ils terminèrent la bouteille de vin et ne prirent pas de dessert. Trop vite, le dîner toucha à sa fin.

En sortant du restaurant, elle inspira profondément l'air froid et étoilé. Près d'elle, Nick était toujours silencieux, et elle songea de nouveau à ses parents, à la culpabilité qu'elle ressentait de leur avoir dissimulé son identité.

— Tu mens souvent, alors ? s'enquit-elle.

Il sursauta.

— Pardon ?

— J'ai bien vu que tu gardais tes distances avec les gens. Tu ne parles pas du tout à tes employés, par exemple. Mais tu as menti facilement à tes parents, aussi.

Il secoua la tête.

— Je n'ai pas vraiment menti, je les ai juste laissés tirer leurs propres conclusions. Des conclusions qui ne me facilitent pas la vie, d'ailleurs. Mon père va me faire un sermon dès que nous serons seuls. Je ne peux pas lui dire qui tu es pour l'instant. C'est juste plus facile de garder mes distances.

Ses distances, toujours ses distances.

— Garder tes distances ? Même avec tes parents ?

— *Surtout* avec mes parents.

Elle le scruta dans la pénombre, incrédule, mais il regardait droit devant lui, le visage impassible. Pas de remords. Pas de regret.

— J'ai du mal à imaginer une chose pareille. Après un an en famille d'accueil, j'étais tellement heureuse d'avoir une famille que je ne supporterais jamais d'être distante.

— Leni… Nous avons décidé qu'il ne servait à rien d'apprendre à nous connaître, tout à l'heure.

— Nous ne parlons pas de nous, nous parlons de nos parents.

— C'est pire. Je ne veux pas de ta pitié.

— Quoi, je devrais avoir pitié de toi parce que tu n'as pas de petite amie ?

— Non, mon célibat n'est pas un problème. Écoute, l'affaire de la succession doit être menée avec précaution, et Danny veut tout t'expliquer en personne. C'est tout ce que tu as besoin de savoir.

— Très bien, marmonna-t-elle.

Elle détourna le regard, bouche close. La beauté et la clameur de Times Square suffirent à l'occuper jusqu'à l'hôtel. Une fois arrivés, Nick l'accompagna jusqu'à sa porte. Le silence, entre eux, était tendu à craquer. Elle le brisa en lançant une dernière bouteille à la mer, un dernier rameau d'olivier.

— J'ai passé une bonne soirée, Nick.

— Quoi ? Pas fabuleuse, finalement ?

Ah, il ne pouvait pas s'en empêcher – il était de retour, le Nick qui lui plaisait terriblement, celui qu'il tenait tant à camoufler. Le sourire, les fossettes, la complicité irrépressible. Ils s'étaient peut-être promis de ne pas se rapprocher, mais son humour était teinté de séduction, quoi qu'il en dise. Et après tout, qu'est-ce qu'elle risquait à flirter un peu en retour ? Le stoïque Nick Kourakis ne risquait pas de tomber fou amoureux d'elle simplement parce qu'elle avait la riposte facile, n'est-ce pas ?

— Tu ne vas pas me laisser l'oublier, pas vrai ? dit-elle en riant.

Leurs regards se croisèrent, et soudain, il lui semblait qu'elle revenait bel et bien d'un rendez-vous. Malgré sa rebuffade, malgré les secrets. Un rendez-vous avec un homme qui la trouvait jolie, qui voulait la faire rire – qui voulait… l'embrasser.

Son pouls s'accéléra. Nick voulait-il l'embrasser ?

Dès les premières minutes de leur rencontre, une électricité indéniable avait vibré entre eux. À demi-mot, il lui avait avoué qu'elle lui plaisait. Et le silence s'étirait, mais leurs yeux ne se quittaient pas. Il était si beau, et si proche, à un souffle de ses lèvres, et s'il se penchait vers elle…

Le sang rugissait à ses tempes, mais… Mais elle ne pouvait pas oublier que Nick n'était ni son ami, ni son cavalier. Il avait été clair. Il avait rejeté ses avances ! Elle ne voulait pas de faux-semblants, pas de *distance*. Et Nick représentait tout cela, et plus encore.

Elle pivota brutalement et fit passer sa clé contre le boîtier numérique. Pour la première fois, la règle de Nick lui semblait sage.

— Bonne nuit, Nick.

5.

Le lendemain matin, Leni se réveilla en sursaut, désorientée. Seule dans une chambre d'hôtel trop luxueuse, déterminée à combattre son attirance pour un homme trop mystérieux, elle commanda un petit déjeuner au room service, puis appela ses parents.

— Chaton ! Nous attendions ton appel.

— Bonjour, papa. Tout va bien ?

— Comme sur des roulettes.

C'était sa réponse habituelle : il ne voulait jamais inquiéter Leni ou sa mère.

— Alors, comme tu trouves la Grosse Pomme ?

— Oh ! immense. Autant en hauteur qu'en largeur.

— Pas trop dépaysée ? Ah, attends. Ta mère veut te parler, je te la passe.

Sa mère prit le combiné.

— Tu as des nouvelles ? Ils s'occupent bien de toi ?

Elle raconta sa journée à sa mère – le jet privé, la limousine, les New Yorkais et leurs beaux vêtements ; le restaurant italien, et surtout, la révélation que Nick ne pouvait pas lui parler de la succession tant qu'elle n'aurait pas rencontré son avocat. Elle se mordit la lèvre.

— Tout va trop vite. J'ai l'impression de rêver.

— D'une certaine façon, tu vis un rêve éveillé.

— Peut-être, mais je ne peux pas m'empêcher d'en vouloir à Mark Hinton. Puisqu'il avait autant d'argent, pourquoi a-t-il laissé ma mère biologique se débrouiller toute seule ? Elle était malade !

— Il n'avait peut-être pas les mêmes valeurs que nous…

— Si c'est le cas, je ne veux pas hériter de son argent. J'ai l'impression qu'il est… sale. Que toute cette richesse est sordide. Comme si Mark Hinton achetait mon pardon.

Personne n'avait eu de nouvelles de sa mère biologique depuis qu'elle l'avait laissée en famille d'accueil. Quand elle avait seize ans, les Long avaient engagé un détective, mais n'avaient jamais retrouvé sa trace. Il n'y avait pas de certificat de décès : sa mère avait apparemment survécu à sa maladie, mais n'avait jamais essayé de la revoir. N'avait même jamais contacté ses parents adoptifs pour prendre de ses nouvelles.

C'était une des choses qui la hantait encore, tout adulte qu'elle était. Ni sa mère, ni son père n'avaient voulu d'elle.

— Mais nous avons besoin de cet argent pour papa. Je suis un peu entre le marteau et l'enclume. Je veux hériter, mais si j'hérite, j'aurais l'impression d'absoudre des gens qui m'ont… qui m'ont abandonnée.

— Oh ! Leni, souffla sa mère. Tu sais que moi et ton père te voulions plus que tout, n'est-ce pas ? Quand l'assistante sociale a glissé ta petite main dans la mienne, j'ai cru que j'allais fondre. Tu nous as donné tant de joie, tous les jours.

— Vous m'avez rendue très heureuse aussi, maman.

— Nous étions si reconnaissants de pouvoir t'adopter et d'avoir le privilège de t'élever.

Comme d'habitude, les mots et la voix douce de sa mère lui firent l'effet d'un baume salvateur. Et pourtant, elle ne pouvait ignorer l'amertume de sa situation. Étrangement, l'héritage Hinton miroitait comme une porte de sortie. La clé de son deuil, peut-être. Comme si elle avait pu apaiser le souvenir de son abandon en refusant cette nouvelle fortune. Secouer la tête, tourner les talons, laisser la blessure de son enfance derrière elle. Mais son vrai père était malade, et elle n'avait pas le droit d'être égoïste.

Mais dans ce cas, aurait-elle toujours l'impression de vendre son âme en acceptant les milliards de Mark Hinton ?

Cet après-midi-là, Nick toqua à la porte de Leni pour

l'emmener faire un tour au Metropolitan Museum of Art. Le procès de Danny n'était pas terminé, et quand Nick lui avait demandé des détails, Danny avait marmonné de vagues excuses sur la longueur des témoignages. Néanmoins, il avait juré que l'affaire serait bouclée d'ici le lendemain matin.

Et il avait encore une fois accepté de distraire Leni. Pas pour Danny – pour elle. Elle méritait que quelqu'un se préoccupe de son bien-être.

Il aurait cru qu'après une matinée passée enfermée, elle l'aurait accueilli avec enthousiasme, mais elle évita son regard en ouvrant la porte. Son cœur trébucha.

Comme la veille. Sur ce même seuil, dans ce même couloir ; lorsque le silence prudent s'était soudain métamorphosé en silence troublant, que ses yeux avaient trouvé les siens… Et qu'elle s'était abruptement détournée avant de disparaître dans sa suite.

À l'instant même où il avait rêvé de l'embrasser.

Comment avait-il pu se laisser submerger par le désir qu'il avait pour elle, debout dans la pénombre, dans le sillage d'un « bonne nuit » murmuré ? Un besoin si viscéral, si intense ; un manque profond, trop déchirant, trop… impossible.

Mais elle avait fui. Elle les avait sauvés du dilemme. Pourquoi, alors, semblait-elle si mélancolique, aujourd'hui ? Pourquoi ne bavardait-elle pas ? Elle bavardait constamment, même quand il la battait froid.

— Où allons-nous ?

Sa question, impersonnelle et polie, ne lui ressemblait pas. Avait-elle donc enfin compris qu'il valait mieux ne pas se lier d'amitié avec lui ? Il aurait dû s'en réjouir, mais…

— Je pensais t'emmener au Met.

Elle glissa la bandoulière de son sac sur son épaule

— Super, lança-t-elle en passant devant lui.

Elle retrouverait son enthousiasme au musée, c'était certain. Ils pourraient parler autant qu'elle le voudrait ; de l'art, et du musée, et des touristes autour d'eux. C'était l'endroit parfait pour passer le temps, un terrain neutre et décontracté où ils ne partageraient rien d'autre que des opinions sur l'art. Le silence régnait encore dans l'ascenseur, dans le hall, dans la limousine.

Habitué qu'il était à ses sourires, à ses plaisanteries, il était soudain mal à l'aise. Il chercha son regard, puis secoua la tête ; elle ne se contiendrait pas bien longtemps. Et puis, n'était-ce pas ce qu'il avait voulu depuis le début ? Pas de questions personnelles. Pas de faux pas potentiels. Pas de complicité, si naturelle, si innée, cette connexion qu'ils auraient pu si facilement couronner d'un baiser.

Rien de tout cela.

Elle ne parla pas non plus en sortant de la voiture ou en montant les marches du Met. Pire encore, elle ne regardait plus autour d'elle avec cette admiration solaire qu'elle avait affichée sans honte la veille. Les yeux fixés sur ses bottines abîmées, elle le suivit jusqu'au guichet.

Non, non, non. Il détestait cela.

Elle était trop vive, trop étincelante pour garder le regard baissé et les lèvres serrées. Lui-même ne méritait pas son intérêt, certes, mais cela ne devait pas gâcher son séjour. Il examina les alentours. Oui, l'immense sapin de Noël raviverait l'enthousiasme de Leni en un claquement de doigts, c'était certain.

Il la guida jusqu'à la galerie des sculptures médiévales ; devant le sapin, Leni laissa échapper une exclamation d'admiration, les yeux brillants.

— Il fait presque sept mètres de haut.

Il avait dégoté l'information sur l'un des cartels, à l'entrée de l'aile. Il pointa du doigt la crèche installée près du tronc, mais le regard de Leni était toujours fixé sur les branches.

— Les anges ont l'air de grimper vers le ciel…

— Ou de descendre sur terre, sourit-il.

Elle s'avança pour observer les santons de plus près.

— C'est la plus belle chose que j'aie jamais vue.

Il rit légèrement.

— Tout le musée est rempli de belles choses. Il y a une

pièce destinée à l'armurerie, une aile égyptienne, un étage pour l'art moderne. Qu'est-ce que tu préfères ?

Dieu merci, le sourire de Leni avait réapparu.

— Je n'ai pas jamais visité un endroit pareil…

— Nous avons cinq heures entières.

— Qu'est-ce que tu as prévu dans cinq heures ?

— Je te ramène à l'hôtel et tu te prépares pour dîner ? Si tu ne sais pas quoi mettre, la boutique dont je t'ai parlé t'a ouvert un compte. Tu n'auras plus qu'à donner ton nom.

Elle fronça les sourcils.

— Non, merci.

— Sérieusement ? Leni, cet argent est pour toi. Prends la limousine et va voir leur sélection. Utilise ton compte.

— Facile à dire, pour quelqu'un comme toi.

— Pour quelqu'un comme toi aussi !

— Non, Nick. Facile, car tu as toujours eu de l'argent.

Sa réponse était neutre, avec juste une pointe d'amertume, mais le frappa comme une gifle. Il avait mis le doigt sur la raison de sa mélancolie, il en était certain. Toutefois, il ne pouvait pas se permettre d'être curieux et de poser des questions auxquelles lui-même n'aurait pas voulu répondre. Il combattit l'envie irrépressible de la consoler et la mena à travers deux expositions, douloureusement conscient de sa tristesse silencieuse. Leur conversation de la veille le hantait – la façon dont elle avait questionné ses mensonges, la distance qu'il avait érigée entre lui et sa mère. Elle avait mentionné son enfance en famille d'accueil, et une curiosité inquiète le tenaillait toujours aujourd'hui.

— Tu as vraiment été en foyer ? s'enquit-il enfin.

Elle détacha son regard d'un tableau coloré pour se tourner vers lui.

— Oui. J'avais sept ans quand ma mère m'y a envoyée, et huit ans quand les Long m'ont trouvée et adoptée.

Il déglutit. Elle était restée toute seule pendant un an…

— Je suis navré, souffla-t-il.

— Ma mère était malade. Elle n'avait pas assez d'argent pour me garder et financer son traitement.

Elle secoua la tête, la mâchoire crispée.

— Et pendant ce temps-là, mon père était milliardaire. J'ai vécu dans trois familles différentes pendant que ma mère souffrait. C'est la pire période de ma vie.

Elle soutenait toujours son regard. Son cœur souffrait pour elle. Il y avait tant de douleur et de colère tues dans cette explication laconique ; il aurait aimé la serrer contre lui. À la place, il se força à enfouir ses mains dans ses poches.

— Viens. Allons voir les antiquités.

Elle hocha la tête, mais une brume terne avait éteint l'éclat de ses beaux yeux verts. Il inspira profondément, l'estomac retourné. Il avait été trop abrupt, trop froid face à son aveu. Mais s'il l'avait prise dans ses bras… Il n'aurait pas pu continuer de se faire barrage à lui-même. Il aurait savouré sa douceur, ses courbes, l'étrange lien qui les avait unis depuis leur rencontre ; la chaleur et l'apaisement qu'elle faisait toujours naître en lui, comme si elle avait été faite juste pour son cœur. Il en viendrait à rêver de choses qu'il ne pouvait pas avoir. L'intimité, quelle qu'elle soit, ne pouvait s'épanouir que dans l'honnêteté. Et il ne pouvait pas être honnête, pas admettre ses erreurs, pas dévoiler sa vraie nature. Il avait depuis longtemps accepté que sa vie ne graviterait qu'autour de sa carrière. Pouvait-il aider Leni sans se mettre en péril ?

— Tu sais, si tu es bien l'héritière de Mark, ton existence ne peut que s'améliorer.

Elle haussa un sourcil surpris.

— Tu crois ? Toi, tu es plus heureux ?

La question le transperça, mais il se força à rire.

— Plus heureux que qui ?

— Que les gens normaux.

— Bien sûr, mentit-il sans peine.

— Bizarre. Tu parles à peine à tes parents, encore moins à tes collègues. J'imagine que tu vis seul ? Et j'aimerais croire qu'organiser un bal est amusant, mais le projet a l'air de t'épuiser, même si la majeure partie doit être gérée par tes assistants.

— C'est une habitude, chez toi, de tout remettre en doute ? rétorqua-t-il, piqué au vif.

— J'ai pris des cours de psycho. Je sais ce que je vois.

— Je suis très heureux.

À sa façon, il l'était. Il avait construit une vie, un monde, une carapace pour se protéger. Et tant qu'il était en sécurité, il allait bien. Aussi bien que possible.

— Je ne pense pas, Nick. Pas du tout. Prenons ce musée, par exemple, dit-elle en embrassant la grande salle d'un geste. Pendant que je regarde les œuvres, que je profite de leur beauté, c'est moi que tu regardes. Mais pas parce que tu t'intéresses à moi ; seulement parce que tu es responsable de moi. Tu me traites comme une bombe à retardement. À deux doigts d'exploser, ou de t'embarquer dans mes problèmes.

— Tu as déjà prouvé que tu étais prête à tout, objecta-t-il.

— Quand ça ?

— Quand tu as dit à ma mère que j'étais drôle.

Elle rit, mais ne se laissa pas distraire.

— Alors tenir une conversation normale, c'est être prêt à tout ? Cela fait si longtemps que tu ne t'es pas socialisé ?

— Je t'ai parlé normalement lors de notre rencontre.

— C'est vrai. Tu m'as même parlé un peu de ta vie… C'était la belle époque, hum ?

Elle haussa les sourcils, railleuse, avant de s'éloigner.

— Allons à l'étage, il y a une collection que je veux voir. C'est le but d'un musée, tu sais ? Examiner ce qui se passe autour de nous, partager, discuter. Tu devrais essayer.

Il cligna des yeux, puis partit à sa poursuite. Pas pour lui parler, même si elle avait raison. Son esprit était trop troublé pour qu'il s'en sente capable. Chaque fois qu'il était en sa présence, il perdait pied. Ses bonnes intentions s'évaporaient en fumée. Son monde bien orchestré se fissurait un peu plus. Elle n'avait pas le pouvoir de faire tomber ses barrières, non, pas tout à fait, mais elle les faisait trembler sans peine.

Elle l'avait mené jusqu'à la salle des peintures européennes, et soudain, parler n'était plus ni malaisé, ni nécessaire. Face à ces tableaux datant du XIIIe siècle, ils se turent avec révérence. Sa respiration s'apaisa. Son regard s'attarda sur les paysages minutieux, les crépuscules, les cieux céruléens et les figures du passé ; il se sentit emporté avec eux dans un monde qui n'existait plus.

— Tu te sens mieux, maintenant ? murmura-t-elle.

Il leva les yeux vers Leni.

— Oui.

Comment pouvait-elle avoir toujours raison ?

— Je suis plutôt douée dans mon domaine.

Oh ! et maintenant elle lisait dans les pensées ? Répondait à ses questions avant qu'il ne les pose ? Cette femme allait le rendre fou.

Leni était heureuse que Nick l'ait emmenée au musée. La galerie européenne, avec ses couleurs froides et ses lumières tamisées, l'avait aidée à se recentrer. Elle ne voulait pas prendre de décisions hâtives à propos de la succession, et tant que son avocat n'était pas disponible, elle était forcée de ruminer sans pouvoir demander de réponse.

Mais, parfois, il suffisait de voir le monde à travers d'autres yeux pour nuancer sa propre perspective. Autour d'elle, les images d'un siècle oublié l'aidaient à prendre le recul dont elle avait besoin.

Ils flânèrent dans le musée en commentant les œuvres. Puis, Nick annonça qu'il était temps de rentrer. Discrètement, elle jeta un coup d'œil à sa montre : cinq heures exactement. Elle retint un soupir.

La précision ne la dérangeait pas, mais celle de Nick était symptomatique de sa retenue forcée. Cinq heures au musée. Et après ? Un retour à l'hôtel sans parler ? Un dîner impersonnel ? Il avait encore fait attention à chaque mot prononcé, aujourd'hui. Lorsqu'elle entrapercevait le Nick complice qu'elle appréciait tant, il disparaissait aussitôt.

Et la situation la frustrait terriblement.

Qu'avait-il donc l'intention de faire ? Passer la soirée assis en face d'elle, silencieux et guindé ? Sa réticence était devenue insultante. Ce Nick distant et professionnel était ennuyeux à mourir. Elle préférait passer la soirée seule.

Après avoir déverrouillé sa porte, elle se tourna vers lui.

— Je sais que tu pensais sortir dîner, mais je suis fatiguée. Je préfère me mettre en pyjama, trouver un bouquin et manger dans ma chambre.

Les sourcils froncés, il recula d'un pas.

— Oh ? Vraiment ?

Comprenait-il qu'elle voulait rentrer tôt non pas parce que la ville l'avait épuisée, mais parce qu'elle ne voulait pas passer plus longtemps en compagnie d'un homme qui faisait tout pour ne pas sympathiser avec elle ?

Mais après tout, pour qui se prenait-il ? Croyait-il qu'elle tomberait en pâmoison à ses pieds s'il bavardait avec elle plus de dix minutes d'affilée ? Elle venait peut-être de la campagne, mais elle n'était pas stupide. Elle croisa les bras.

— Merci encore. À demain !

Elle se glissa dans sa chambre, le cœur plus léger. Pas seulement parce que le musée l'avait aidée à reprendre ses marques ; mais parce qu'elle avait enfin pris la décision la plus logique. Elle avait fait assez d'efforts pour Nick Kourakis, aussi beau qu'il soit. S'il voulait se cacher derrière une forteresse imprenable, grand bien lui fasse.

Nick resta planté là, devant la porte close.

Son ego venait de prendre un uppercut en pleine figure. Elle préférait s'enfermer avec un *livre* plutôt que de passer du temps avec lui. À une autre époque, il avait été l'homme le plus excitant, le plus grisant de la jet-set, et les femmes adoraient sa compagnie, et… Voilà qu'il avait été mis à la porte, littéralement.

En redescendant dans la rue, il s'arrêta soudain. Autour de lui, les lumières des guirlandes et les rires des inconnus éclairaient la fin d'après-midi. Et la beauté de la saison lui apparut soudain comme une épiphanie.

Il n'avait pas remarqué ce genre de choses depuis la mort de Joe. Les décorations de Noël, les inconnus souriants. Leni lui ouvrait les yeux petit à petit. Pas parce qu'elle était jolie, mais parce qu'elle était si délibérément transparente. Peut-être que son passé difficile et sa vie à Mannington lui avaient appris la valeur de l'honnêteté. Elle avait connu le bon et le mauvais côté de la vie, des relations humaines. Elle n'était pas naïve, non ; mais elle choisissait l'enthousiasme, encore et toujours, malgré les souffrances du passé.

Et elle l'aurait écouté avec compassion s'il lui avait parlé de sa situation, il en était certain. Mais…

Il secoua la tête et ouvrit la portière de la voiture. Elle l'avait déjà évalué sans difficulté au musée, et elle avait conclu son examen en l'envoyant sur les roses. Pourquoi était-il si troublé par son rejet ?

C'était pourtant ce qu'il avait voulu depuis le début. Il avait décidé de laisser ses sentiments de côté dès son arrivée à New York. Il devait seulement jouer au baby-sitter jusqu'à ce que Danny prenne le relais.

Alors pourquoi sa soudaine indifférence frémissait-elle en lui comme une onde de choc ? Les yeux fixés sur le paysage, il regarda défiler les avenues éclairées et les piétons bigarrés jusqu'à son immeuble de Park Avenue. Il rentra chez lui, l'esprit engourdi, retira son écharpe et son pardessus, et se figea dans le silence de l'appartement. Ce même silence froid et vide qui l'accueillait tous les soirs.

Elle avait raison. Succès ou non, richesse ou non, il était devenu ennuyeux. Et il n'était pas heureux.

Il dépassa les sofas, la table de billard et le bar. Posté près des baies vitrées, il baissa les yeux sur la ville habillée pour l'hiver. Maintenant qu'il voyait la joliesse des décorations, il se souvenait combien son frère avait aimé Noël. Joe passait des mois à chercher le cadeau parfait pour chacun d'eux, les emballait avec minutie et retenait son souffle lorsqu'ils ouvraient leurs paquets…

Son engourdissement se mua en profonde tristesse. Son frère lui manquait. Il s'attardait sur le sentiment de sa solitude car la culpabilité était toujours plus forte, plus lourde. Mais ce soir, Joe lui manquait. Son cœur pulsait de souffrance, enserré dans la poigne du deuil.

Qui serait Joe, aujourd'hui ? Comment aurait-il vieilli ? Seraient-ils toujours meilleurs amis ? Une boule douloureuse lui obstruait la gorge. Une chape de plomb était tombée sur ses épaules. D'une certaine façon, le remords valait mieux que la souffrance. C'était ce qui le poussait à travailler, à ne pas décevoir ses parents, à laisser la vraie vie de côté.

La sonnerie de son téléphone déchira le silence. Juste un instant, il envisagea de ne pas répondre ; mais il ne pouvait pas ignorer un appel. Si c'étaient ses parents – s'ils avaient besoin de lui… Il était leur unique fils, désormais. Il était toujours à leur disposition.

Mais son écran affichait un autre nom.

— Bonsoir, Danny.

— Nick ! Écoute…

— J'espère que tu as de bonnes nouvelles pour moi.

— Hum. Non.

Il poussa un soupir. L'espoir faisait vivre.

— Il nous reste deux témoins… On devrait en avoir fini demain, ou au plus tard vendredi. Personne n'a envie de s'éterniser, je peux te le promettre.

— Mais ce n'est pas garanti ?

— Non. Je suis désolé. Honnêtement, la défense m'a pris de court. Mais même si le procès continue lundi, j'aurais le week-end pour parler à Elenore. Tu seras libre.

Une vague de soulagement le submergea, injuste et douce-amère. Leni était une des personnes les plus adorables qu'il ait jamais rencontrée, et il se comportait comme si sa compagnie était la pire des corvées.

C'était le contraire, bien sûr. La difficulté était de combattre son affection pour elle. Et il le lui avait fait comprendre – il avait passé son temps à lui répondre du bout des lèvres. Il s'était comporté comme un idiot et un goujat, justement parce qu'il avait un faible pour elle.

Il s'assit sur le bord de la table de billard ; Danny parlait toujours au bout du fil.

— Tu penses que tu peux t'occuper d'elle demain ?

Leni était… différente. Troublante, enivrante. Avec elle, il retrouvait l'adrénaline de ses années d'insouciance. Elle était lumineuse. Elle ne méritait pas qu'un homme comme lui, incapable de quoi que ce soit d'autre qu'une aventure sans lendemain, lui brise le cœur.

Pour autant, elle ne méritait pas *non plus* qu'il soit aussi désagréable. Quand il avait proposé de garder ses distances, il n'avait pas réalisé qu'ils passeraient leurs journées ensemble. Il allait devoir revoir sa stratégie. Finalement, Danny lui offrait une chance de se faire pardonner.

Et il savait exactement comment.

— Oui, je sais où l'emmener, dit-il en souriant.

— Et ne mentionne pas la succession, surtout.

Nick rit doucement. Leni l'avait envoyé paître parce qu'il était ennuyeux ; la dernière chose qu'il avait l'intention de faire, c'était de parler de testaments et de finances.

— Oh ! ne t'inquiète pas, Danny.

Après avoir raccroché, il sourit à la vue étincelante en contrebas. Une nouvelle chaleur s'était répandue en lui. Demain, il se rattraperait auprès de Leni. Demain, il parviendrait à la faire rire.

6.

Le lendemain matin, la sonnerie d'un téléphone s'insinua dans les rêves de Leni ; une alarme insistante au milieu du Family Diner, alors qu'elle offrait des biscuits de Noël aux clients sur un fond de chansons hivernales…

La sonnerie reprit de plus belle et elle se redressa, confuse, avant de décrocher à l'aveugle.

— Allô ?

— Bonjour, Leni.

Nick. Malgré elle, son cœur bondit en entendant sa voix. Néanmoins, l'agacement remplaça vite son trouble.

— Bonjour, Nick, répondit-elle prudemment.

— Danny est toujours indisponible.

Donc elle était coincée une journée de plus avec Nick, à moins qu'elle ne parvienne à le persuader qu'elle n'avait pas besoin qu'on s'occupe d'elle.

— Honnêtement, je ne suis même pas sortie du lit. Je peux très bien passer la journée à l'hôtel, ce n'est pas grave…

— Si, c'est grave. C'est complètement injuste que nous te gardions à New York sans faire avancer le processus pour lequel nous t'avons fait venir expressément.

Pardon ? Depuis quand Nick était-il dans son camp ?

— Ne t'inquiète pas, j'ai trouvé un livre.

— Non, pas de livre. Nous te faisons attendre ici contre ton gré. Tu mérites compensation.

Elle retint tant bien que mal un petit sourire. Mon Dieu, décelait-elle vraiment une pointe d'humour dans sa voix ?

— Je te propose d'aller faire du patin à glace au Rockefeller Center, continua-t-il.

Elle hoqueta de surprise, soudain parfaitement éveillée.

— Au Rockefeller Center ?

— C'est magnifique, avec les décorations de Noël. Et ils ont un énorme sapin.

Elle adorait patiner ; depuis qu'elle aidait financièrement ses parents, elle n'avait pas pu toucher ses patins. L'excitation la fit frétiller et effaça toutes ses inquiétudes. Peut-être que Nick Kourakis resterait taciturne ; du moment qu'elle avait des patins aux pieds, peu lui importait !

— J'adore les patinoires.

— Parfait. Prends ton petit déjeuner et mets un gros pull. J'arrive vers 10 heures.

— Je serai prête !

Elle repoussa la couette, appela le room service, et sauta dans la douche. Le groom se présenta juste quand elle sortait de la salle de bains, emmitouflée dans un peignoir blanc. Frémissante d'impatience, elle engloutit son petit déjeuner en quelques minutes. Depuis son arrivée à New York, tout lui semblait distant et étranger ; mais aujourd'hui, elle allait pouvoir savourer une activité qu'elle aimait et qu'elle connaissait.

Elle enfila deux paires de chaussettes, un jean, un T-shirt et un pull-over. Elle laissa ses cheveux lâchés et n'appliqua qu'un peu de mascara sur ses cils. Elle adorait la sensation du vent sur son visage lorsqu'elle patinait. Lorsque Nick toqua à la porte, elle était tout feu tout flamme.

— Prête à patiner ? s'enquit-il avec un sourire.

Il avait troqué son costume contre un jean, un pull et une parka sombre. Avec ses cheveux ébouriffés par le vent et ses yeux étincelants, il avait l'air jeune, insouciant…

Et *heureux*.

Elle aurait presque cru qu'il était excité d'aller à la patinoire, lui aussi. Peut-être que lui fermer la porte au nez, la veille, l'avait convaincu de se détendre ?

Ou peut-être était-il content de la voir ?

Mais non, elle ne pouvait pas tomber dans le piège une deuxième fois : pas d'illusions romantiques. Il y avait de l'alchimie entre eux, c'était certain ; quelque chose de plus profond, peut-être… Mais il avait été clair. Il n'était pas intéressé. Si elle remettait le sujet sur le tapis, il ferait retomber le masque de glace dont il semblait enfin se départir. Elle se contenterait de son sourire, sans arrière-pensées.

— Tu as bien dormi ?

— Très bien. Je m'habitue enfin à dormir dans un autre lit.

— En pleine forme pour la journée, alors.

Ils traversèrent le hall et grimpèrent dans la limousine.

— Dis-moi, le petit déjeuner de l'hôtel est aussi bon qu'on le dit ?

Elle fronça les sourcils, perplexe. Nick était-il en train de faire des efforts pour… converser ?

— Je ne prends que du café et des tartines, donc…

— L'hôtel est connu pour ses chefs, tu sais. On devrait peut-être dîner ici ce soir ?

Son sourire fit cavaler son pouls. Oh ! non, pourquoi son cœur battait-il si fort, alors qu'elle s'était promis de maîtriser son romantisme ?

— Je… Oui. Oui, très bonne idée.

Elle inspira profondément. Heureusement, ils arrivèrent au Rockefeller Center en quelques minutes à peine. Les yeux écarquillés, la main sur le cœur, elle dévora des yeux les alentours. Comme l'avait promis Nick, leur énorme sapin de Noël s'élançait vers le ciel, illuminé par une myriade de guirlandes. Des statues d'anges munis de trompettes entouraient le tronc. Sur la glace, cinquante patineurs glissaient déjà sous le ciel hivernal.

Elle avait l'impression d'être entrée dans un conte de fées.

— C'est magnifique.

Le temps était parfait, froid sans être trop venteux, et le ciel bleu souriait au-dessus d'eux, sans un seul nuage.

— Je crois que c'est mon endroit préféré à New York.

Surprise par son aveu, elle lui jeta un coup d'œil. Il contemplait la patinoire comme s'il la voyait pour la première fois. Un sourire dansait sur ses lèvres. Aujourd'hui, il n'était pas venu en spectateur, en gardien ou en garde du corps, elle en était certaine. Il avait envie d'être ici. Il avait hâte de filer sur la glace. Il avait hâte de s'amuser. Et il allait partager cette joie-là avec elle. Elle sourit à son tour.

— Je comprends pourquoi.

Ils payèrent leur ticket, louèrent des patins, puis elle grimpa sur la glace. Avec un peu d'élan, elle décrivit un grand cercle pour tester son équilibre avant de revenir vers lui, exaltée par le froid et l'activité physique.

— Viens ! Viens patiner avec moi, s'exclama-t-elle en tendant la main.

Il était toujours figé au bord, si séduisant dans ses vêtements décontractés, mais le regard hésitant.

— Je n'ai pas patiné depuis mon adolescence.

Quand il venait avec son frère. Cette pensée le transperça, étincelante comme la glace sous l'éclat du soleil. Joe adorait la patinoire presque autant qu'il aimait Noël. Nick retint une grimace ; peut-être avait-il fait une erreur en emmenant Leni ici. Trop de souvenirs flottaient autour de lui.

— Tu patinais quand tu étais petit ?

— Oui, souvent. À force, je suis devenu très bon.

— Toujours aussi prétentieux, dit-elle en riant.

— C'est seulement prétentieux si je m'en vante !

Il sourit, et, un peu rasséréné, entreprit de glisser jusqu'au bord opposé. Au retour, en la rejoignant, il tournoya autour d'elle, trop rapide pour qu'elle réussisse à l'attraper.

— Très drôle, lança-t-elle.

— Je n'arrête pas de te dire que je ne suis pas drôle.

— Pourquoi tu me tournes autour, alors ?

— Pour te prouver que je suis très agaçant, riposta-t-il avec un grand sourire.

Le ciel était bleu ; le monde clignotait de rouge et vert ; il filait sur des patins à glace ; et pour la première fois depuis cinq ans, il sentait Noël dans l'air. Autour de lui virevoltait un émerveillement nouveau, une magie qu'il ne parvenait pas à comprendre ou à décrire. Peut-être était-ce parce que Leni lui parlait de nouveau ? Le taquinait avec un sourire ? Parce que la mélancolie de la veille avait quitté ses yeux verts ?

Ce soir, il noierait son remords et le souvenir de son frère dans le noir, mais cet après-midi il ne voulait pas penser à la disparition de Joe. Il voulait penser à Leni, et la distraire, et lui montrer qu'il pouvait se détendre, lui aussi. Il voulait lui faire oublier la tension des jours précédents. Sans romance, sans séduction ; juste un plaisir bon enfant.

— Tu veux faire la course ?

Il s'élança avant qu'elle ne puisse répondre, zigzaguant entre les autres patineurs. Elle trouva une trajectoire plus directe et le dépassa à deux doigts de la ligne d'arrivée.

— Gagné !

— D'accord, mais je parie que tu patines tout le temps. Tu as un avantage.

— Quelle mauvaise foi ! Je n'ai pas touché mes patins depuis deux ans.

Il tournait autour d'elle, nonchalant.

— Donne-moi dix minutes pour retrouver mes marques, et personne ne pourra me battre.

— Comment tu fais pour rentrer dans tes jolies chaussures cirées, avec des chevilles aussi enflées ?

Il rit de nouveau, inspira le vent froid et bleu de l'hiver, et quelque chose en lui s'adoucit. Il l'avait emmenée ici pour l'amuser… Mais c'était elle qui le faisait rire.

— C'est l'heure de la revanche, s'exclama-t-elle en partant en sens inverse sans lui laisser le temps de protester.

Soutenu par son esprit de compétition et ses longues jambes, il la rattrapa en quelques secondes.

— Je vais te battre, susurra-t-il au passage.

— Prouve-le ! rétorqua-t-elle.

De deux coups de patins bien placés, elle fusa en tête, et

toucha le mur avant qu'il ne puisse contre-attaquer. Il freina devant elle et fit aussitôt volte-face.

— Encore une fois !

Elle chargea après lui, le dépassa de nouveau, et l'attendit avec un sourire goguenard.

— Comment tu fais ? s'enquit-il.

— Quoi donc ? Pour te battre ? C'est très facile.

— Tes jambes sont plus courtes !

— Mais tu as un gros manteau, susurra-t-elle.

Elle saisit son revers et secoua la laine épaisse.

— Ce n'est pas du tout aérodynamique.

Son beau sourire se figea sur ses lèvres lorsqu'ils réalisèrent, au même instant, qu'elle était en train de le toucher. Comme un ami, bien sûr. Mais ils n'étaient pas amis, n'est-ce pas ? Ils se connaissaient à peine. Et pourtant, *pourtant*, il avait instantanément eu un coup de cœur pour elle, son humour, son énergie. Ils avaient passé deux jours ensemble et elle l'avait fait rire aux éclats et rendu fou. Après que Danny lui eut expliqué le processus de succession, il ne la reverrait qu'en qualité de gestionnaire financier.

Et c'était… C'était difficile à accepter. Ne plus plaisanter avec elle, naturellement, facilement, lui semblait si inconcevable qu'il fronça les sourcils. Il voulait savourer cette journée aussi pleinement que possible. Il avait besoin de profiter de chaque instant.

Elle avait lâché sa parka, mais il rattrapa ses doigts avant qu'elle ne les glisse dans ses poches.

— Faisons quelques tours.

Sa main libre en visière, elle lui lança un clin d'œil.

— Pourquoi ? Tu veux que je t'apprenne à patiner ?

— Exactement, rétorqua-t-il en souriant.

Était-ce vraiment si dangereux de vouloir s'amuser, juste aujourd'hui ? D'être heureux auprès d'elle ? Il n'avait pas profité de la vie depuis la mort de Joe. La patinoire lui rappelait son frère, mais pas seulement sa douleur ; des images heureuses, des souvenirs ensoleillés.

Sa main gantée serra la sienne.

— Quand tu étais petit, tu as appris des figures ?

Elle le lâcha pour effectuer une parfaite boucle piquée.

— Oh ! non. Je faisais juste la course.

— La course ?

— Avec mon frère. Et je gagnais presque toujours.

— Ton frère ? s'étonna-t-elle, les sourcils froncés.

Il se figea, aussi surpris qu'elle. Il aurait aimé reprendre les mots, les dissimuler, les effacer ; mais il était trop tard.

— Oui, il… avait un an de moins que moi.

Il avait parlé d'une voix faussement dégagée, dans l'espoir d'alléger le poids de chaque syllabe.

— On faisait la course, continua-t-il. Je faisais tout pour gagner et les filles me trouvaient irrésistible.

— Il faut vraiment que nous nous occupions de ton problème d'ego, dit-elle en souriant.

Elle fit une nouvelle pirouette, puis s'élança pour sauter, fluide et vive. Il l'observait, le cœur dans la gorge. Il avait patiné pour attirer l'attention des filles, mais elle patinait pour le plaisir, et la regarder faire était un véritable bonheur.

Il la rejoignit et prit ses deux mains ; à reculons, il l'entraîna avec lui, au son pur de leurs lames sur la glace.

— C'est ça, ta figure ? s'exclama-t-elle dans un rire.

— Hé, je ne peux pas faire mieux. Je te l'ai dit, je patinais seulement pour impressionner les filles.

Elle sourit, puis lui échappa en riant. Il se lança à sa poursuite, et attrapa de nouveau sa main. Cette fois, il la fit tourner sous son bras. Elle tournoya gracieusement, le visage en arrière, ses longs cheveux en cascade dans son dos et belle comme un poème de lumière et de gel.

Son cœur s'emballa, débordant de regrets Comment avait-il pu sombrer si vite ? S'éprendre de la seule femme qu'il n'était pas censé désirer ? L'éthique professionnelle posait problème, sans aucun doute ; mais c'était plus grave que cela. Leni était trop bien pour lui. Elle était vraie et généreuse, et il n'était qu'une coquille vide, creusée par le remords et la culpabilité.

— Alors, parle-moi de ton frère.

Elle s'était arrêtée, face à lui, et il retint son souffle. Il avait terriblement envie de lui parler de Joe. Il avait gardé son frère enfermé au fond de lui pendant des années, et il savait… Il savait que Leni comprendrait.

Avec elle, il pouvait se confier, mais c'était exactement le problème. Il aurait mieux fait de la laisser en paix. De la protéger de lui, de ses noirceurs.

— Je préfère faire la course, riposta-t-il.

Malgré sa curiosité frustrée, elle lui sourit.

— Très bien. Je t'attends au mur, alors.

Il rit et s'élança après elle. Il ne méritait peut-être pas Leni, mais il pouvait savourer sa compagnie – juste pour aujourd'hui.

7.

Comme ils avaient sauté le déjeuner, ils s'arrêtèrent dans un pub irlandais pour manger en fin d'après-midi plutôt que de dîner à l'hôtel. Leni sourit, encore bruissante d'énergie. La brasserie était tapissée de bois sombre et seulement éclairée par des appliques tamisées.

— On dirait une tanière secrète !

— Tu as une imagination très fertile, tu sais ? dit Nick en riant.

— Peut-être que tes perceptions sont un peu trop terre à terre, c'est tout.

Elle lui tira la langue, et le sourire qu'il lui dédia la fit fondre. À l'exception d'un couple plus âgé et de deux habitués au comptoir, le restaurant était encore vide. Le barman, un grand brun baraqué, les accueillit avec un sourire avant que la serveuse ne les guide jusqu'à une petite table dans le fond.

Dans l'intimité de l'alcôve, elle leva les yeux vers Nick. Quelques heures d'amusement innocent l'avaient transformé : il riait plus facilement, il soutenait son regard quand il lui parlait. Il avait spontanément proposé le pub pour dîner, comme un ami. Plus aucune trace de l'homme qui ne supportait sa présence qu'avec peine.

— Sais-tu ce que tu veux ? s'enquit-il, les yeux toujours baissés sur le menu laminé.

— Des frites.

— Tu ne peux pas manger *que* des frites.

— C'est ce que ma mère dit aussi, mais je lui prouve le contraire depuis des années.

— Tu as aussi besoin de protéines…

Elle sourit, malicieuse.

— J'ai mangé des protéines hier. Promis, ce n'est qu'une rébellion provisoire.

— Alors je crois que je me sens rebelle aussi.

— Oh ? Dis-moi tout.

— Prends les frites maison, et je vais prendre la pizza Margarita.

— Et on pourra partager !

— Exactement.

Après que la serveuse eut pris leurs commandes, Leni s'enfonça contre son dossier. Nick avait retrouvé son sens de l'humour, et elle était contente de le voir si insouciant.

— J'aime bien cet endroit. Le restaurant ressemble un peu au bar de Mannington… En beaucoup plus propre.

— Tu y allais souvent ?

— Nick, attention, tu vas me faire parler de *moi*. Peut-être même apprendre à me connaître…

— Disons que j'ai changé d'avis. Réalisé mes erreurs. Et puis, on a passé tellement de temps ensemble aujourd'hui qu'il faut bien que nous bavardions un peu, non ?

Elle lui sourit et se redressa sur sa chaise. Elle n'aurait pas dit mieux elle-même.

— Qu'est-ce que tu veux savoir ?

— Un peu de tout. Parle-moi de tes études.

— J'ai eu du mal à économiser assez pour y aller mais je ne voulais pas faire un prêt impossible à rembourser.

Il hocha la tête, mais elle secoua la sienne.

— Je ne sais pas pourquoi je te parle de cela. Tu ne sais même pas ce que c'est d'avoir des dettes, n'est-ce pas ?

— C'est vrai, grimaça-t-il.

— Au moins, tu es honnête.

— Tu commences à déteindre sur moi, alors.

— Oh oh, j'aimerais bien voir ça.

— Je ne sais pas si c'est une bonne chose…

Mais il souriait derrière sa bière, les yeux sur elle.

— Qu'est-ce que je t'ai appris ?

— À dire tout ce qui me passe par la tête…

Il ferma les yeux, inspira profondément, puis laissa voguer son regard sur la pièce avant de reprendre :

— Cet endroit me rappelle mon ancienne vie.

— Tu as une ancienne vie ?

Il jouait avec ses couverts, étrangement timide, soudain.

— Oui, avant que je ne reprenne l'entreprise familiale. Je voyageais beaucoup. J'allais dans des pubs comme celui-ci.

Pourquoi évitait-il son regard ? Elle était tentée de lui poser la question, mais elle n'avait jamais voyagé, et le sujet était trop tentant pour l'interrompre.

— Dans des *vrais* pubs irlandais, par exemple ?

Il hocha la tête.

— Peut-être que cela explique pourquoi tu ne remarques plus ton entourage. Tu as vu tellement de choses que plus rien ne t'émerveille.

— Pas vraiment. J'ai juste vécu à New York toute ma vie. Je connais tous les restaurants, toutes les rues. Je m'y suis habitué. J'ai adoré changer d'air, étudier à Yale, voyager…

Elle le regardait parler, débordante d'un bonheur démesuré. Quand il se confiait ainsi, détendu et sincère, elle aurait pu prendre son visage entre ses mains pour l'embrasser à perdre haleine. C'était impossible, bien sûr, et elle s'était promis de maîtriser ses émotions ; mais la tranquillité qu'il exsudait ce soir l'emplissait d'exaltation.

— Tu es allé à Yale ? Tu as bien réussi ?

— J'étais dans les premiers de ma promo.

— Et ensuite… ?

— J'ai rejoint la marine.

Elle s'étrangla avec une gorgée de bière.

— Tu as fait l'armée ?

— Oui. À vingt et un ans, j'en avais assez de rester enfermé dans une classe à écrire des dissertations. Je me suis engagé dans la marine, j'ai découvert la force spéciale des SEALS, et je n'ai pas pu résister au défi.

— Au défi ?
— J'adore les défis. Pas toi ?
— Peut-être. Après tout, je fantasme de sauver le monde. Pas d'un seul coup, bien sûr. Personne par personne.
— Cela ne m'étonne pas. Cela te va bien.
— Ah ? Je m'attendais à ce que tu me trouves naïve.
— Je commence à croire que tu peux accomplir tout ce que tu veux, avec une volonté comme la tienne.
— Mon père dit que je suis têtue comme une mule. Mais parle-moi plutôt de tes années dans la marine, Nick.
— C'était génial, dit-il en souriant, le regard animé. L'expérience a changé ma vie. Travailler avec l'armée m'a montré combien le monde est grand et divers… Et en détresse.
— Et ?
Il haussa un sourcil, les yeux plongés dans les siens.
— Et… Quoi ?
— C'est ce qui t'a rendu malheureux ?
— Non, non. En travaillant avec les SEAL, j'étais actif, j'avais une raison d'être. Mais en rentrant, je savais qu'il était trop tôt pour revenir chez moi. J'avais vu des choses que je ne pouvais pas laisser derrière moi, pas tout de suite. Cela dit, je ne pouvais pas ignorer mes responsabilités familiales plus longtemps.
— Tu veux dire que ta rébellion de jeunesse, c'était de t'engager dans la marine ?
Il acquiesça, et elle rit doucement.
— Ce n'est pas ce que j'appellerais une rébellion, Nick.
— Mes parents voulaient que je travaille pour leur firme.
— Alors tu as retardé l'échéance, mais quand tu es rentré, tu as dû reprendre la tête de l'entreprise ?
— Non, après la marine, j'étais fébrile et je n'arrivais pas à rester au même endroit très longtemps. J'ai essayé de trouver un moyen de concilier les deux ; remplir mes obligations tout en me laissant le temps de me remettre. J'ai proposé à mes parents d'être une sorte de recruteur : je voyageais partout dans le monde à la rechercher de gros investisseurs, comme

ton père. Après quelques années à faire du parapente avec des pontes en mal de sensations fortes, j'avais fait fructifier notre réseau au-delà de leurs espérances.

Elle se tut, éberluée. Elle n'aurait jamais songé qu'il avait vécu tant de choses, ni qu'il aimait autant le danger.

La serveuse revint avec leurs assiettes, et la conversation ralentit pendant qu'ils partageaient leurs plats. Elle mordit allègrement dans la part de pizza qu'il lui offrait.

— Oh ! c'est absolument fabuleux.

— Ma fabuleuse Leni est de retour, taquina-t-il.

Un éclair de chaleur brûla ses joues. *Sa* Leni. C'était innocent, sans aucun doute, et pourtant… La spontanéité de leur complicité lui faisait chaud au cœur. Même si elle ne le connaissait que depuis quelques jours. Et qu'il avait très clairement expliqué qu'il ne voulait pas de relation.

Ils mangèrent et rirent et s'attardèrent dans la pénombre chaude du pub. La serveuse leur apporta deux autres pintes ; Nick lui en dit un peu plus sur ses voyages dans les hautes sphères. Elle ne pouvait s'empêcher d'être pendue à ses lèvres : il était la personne la plus intéressante qu'elle avait jamais rencontrée. Il avait tant d'anecdotes extraordinaires ; il était ami avec des rois, des princes, des milliardaires, des petits génies de la finance ou de la technologie. Il aurait pu se vanter, ou lui parler avec condescendance, mais non ; leur conversation était amicale et fluide. Il était plus éduqué, plus expérimenté, plus cultivé qu'elle ne le serait jamais, et pourtant, ils discutaient d'égale à égal. Et il devenait de plus en plus difficile d'ignorer les battements heurtés de son cœur, le désir brûlant de le toucher, d'être avec lui, contre lui. Même si ce n'était pas pour toujours. Juste pour ce soir.

Après une dernière pinte, ils reprirent leurs manteaux, saluèrent la serveuse et le barman, puis sortirent dans la nuit froide. Dans la bise hivernale, elle frissonna et glissa un bras sous celui de Nick, pelotonnée contre son torse solide.

Elle retint un soupir de bien-être. Il n'était sans doute pas conscient de l'effet qu'il avait sur elle, mais il lui coupait le souffle. Il avait, en quelques jours, transformé sa définition du prince charmant. Elle aurait aimé être le genre de femmes qui aurait pu l'intéresser, le captiver.

Ils rentrèrent à l'hôtel en riant mais se détachèrent dans l'habitacle exigu de l'ascenseur, à sa grande déception. Elle aurait voulu oblitérer cette nouvelle distance ; mais que pouvait-elle bien faire ? Prendre sa main jusqu'à la porte de sa suite ? Lisser son manteau, redresser son col, simplement pour pouvoir garder ses doigts sur lui ?

— Merci pour cette merveilleuse journée, Nick.

— Je te devais bien cela, après hier. Tu préférais lire plutôt que passer une minute de plus en ma présence.

Elle ne put retenir un petit rire.

— Ce n'est pas ce que je voulais dire…

— Menteuse.

Un pas en avant, et l'espace qui les séparait s'était soudain évaporé. Elle retint son souffle. Les mains de Nick glissèrent le long de son cou, chaudes et tendres.

— Tu as de si beaux cheveux, souffla-t-il.

Un frisson pétillant courut sur son échine, sur sa nuque.

— Merci. …

Sa voix n'était qu'un murmure, mais elle n'en avait pas honte. Elle voulait qu'il entende le frémissement de son désir, qu'il se penche, qu'il l'embrasse, que leurs bouches se trouvent, que leurs langues se cherchent, que le ressac de sa convoitise gonfle et monte et la submerge.

Elle lui sourit de nouveau, les yeux dans les siens, un encouragement silencieux. Mais, après une seconde suspendue, il ferma les paupières et ses mains l'abandonnèrent.

— Tout dépend de Danny, mais je te verrai peut-être demain, dit-il.

Pouvait-il lire la déception dans ses yeux ? Il fit un pas en arrière. Elle comprenait : il ne voulait pas l'embrasser alors qu'ils risquaient de passer une autre journée ensemble. Un baiser cristalliserait ce qui avait toujours bouilli entre eux ; une invitation, un commencement, ou… une fin.

Il y avait quelque chose de parfait, d'exceptionnel dans la facilité de leurs interactions, dans leur connivence naturelle… Mais peut-être était-elle la seule à la ressentir ? Sinon, pourquoi n'avait-il pas saisi ce moment si intense ?

Elle aussi fit un pas en arrière. Il était attiré par elle, elle en était certaine ; mais l'attraction ne faisait pas tout. Elle n'était pas son genre, c'était évident. Elle n'était pas sophistiquée, ni particulièrement brillante, elle n'avait jamais voyagé. Et une femme plus intelligente qu'elle ne se serait pas languie d'un homme si différent d'elle-même, un homme avec des secrets, une noirceur qu'elle ne savait pas expliquer.

Ce qu'elle avait senti pulser entre eux n'avait pas d'avenir.

Elle ouvrit sa porte, et comme les autres soirs, lança :

— Bonne nuit, Nick.

— Fais de beaux rêves, Leni.

Dans sa chambre, elle se laissa retomber contre la porte. Son cœur lui faisait mal, malmené par l'espoir déçu. Elle ne comprenait pas. Elle avait accepté, encore et encore, qu'elle n'était pas faite pour lui ; alors pourquoi désirait-elle tant ce baiser ? Un seul baiser.

Il était amusant, intelligent, beau à mourir. Elle aurait voulu pouvoir prendre le risque d'un plaisir éphémère. Demain soir, sur le pas de sa porte, il n'aurait pas à se demander s'il serait encore responsable d'elle. Quoiqu'il advienne, Danny prendrait la relève samedi. Puis, elle deviendrait sa cliente ou retournerait à Mannington. Ils ne se fréquenteraient plus, ne riraient plus ensemble.

C'était maintenant ou jamais.

8.

Le lendemain matin, le portable de Leni sonna pendant qu'elle prenait son petit déjeuner. En voyant le nom du cabinet Waters, Waters et Montgomery, son cœur rata un battement.

Oh non ! Si c'était Danny Manelli, son procès devait être terminé. Elle ne verrait pas Nick aujourd'hui, et peut-être pas tant que la succession ne serait pas décidée.

Elle inspira profondément et décrocha.

— Allô ?

— Bonjour, Leni. C'est Danny Manelli à l'appareil. Nous ne nous sommes pas officiellement rencontrés, mais je suis l'avocat en charge de la succession Hinton.

Un dernier espoir vacilla en elle ; peut-être appelait-il simplement pour s'excuser de son absence ? Ou parce qu'il ne serait pas disponible ce week-end ?

— Bien sûr. Nick m'a parlé de vous.

— Eh bien, je vais enfin pouvoir vous donner toute mon attention ! Mon procès est terminé. Je veux vous expliquer deux ou trois choses importantes ce matin, puis nous nous occuperons du test d'ADN.

Sa gorge se serra. C'était fini. Elle ne verrait plus jamais le Nick souriant qui l'avait touchée en plein cœur.

— J'envisageais d'envoyer la limousine dans quarante-cinq minutes. Cela vous conviendrait ? continuait Danny.

— Pas de problème, dit-elle mécaniquement.

Elle raccrocha et passa immédiatement dans la salle de bains pour se doucher. Elle ne voulait pas pleurer, c'était idiot. Pourquoi donnait-elle tant d'importance à un homme qu'elle connaissait à peine ? Quels que soient ses secrets, Nick ne pouvait de toute évidence pas lui donner ce dont elle avait besoin. Une vraie relation. Solide, sans mensonges, sans angoisses. Et si elle avait eu l'opportunité de l'embrasser, n'aurait-elle pas été tentée d'aller plus loin ? D'espérer quelque chose qu'il avait déjà refusé ?

Elle devait faire taire ces fantasmes puérils.

Elle inspira profondément et sortit sa robe noire de la penderie. Elle caressa l'étoffe douce. Elle l'avait portée au restaurant italien ; une soirée de bon vin, de bonne cuisine, d'attraction amusée. Un *presque* rendez-vous.

Mais elle n'était pas idiote ; aussi gentil, aussi drôle, aussi attentionné soit-il, quelque chose n'allait pas dans la vie de Nick. Que lui cachait-il ?

Quand l'ascenseur s'ouvrit sur le grand bureau de Danny, ses soupçons se confirmèrent. Nick n'était pas là. Seul un homme grand, brun et souriant l'attendait. Il se leva en la voyant et lui tendit la main.

— Danny Mannelli. Enchanté de faire votre connaissance.

Elle lui serra la main et retira sa veste en cuir.

— Je suis heureuse de vous rencontrer enfin.

Après qu'elle se fut installée, Danny fit appeler un technicien de laboratoire pour prendre trois échantillons d'ADN – un pour son établissement, et deux autres pour des laboratoires indépendants. Ensuite, Danny entreprit de lui expliquer qu'elle était potentiellement l'une des trois héritiers de Mark Hinton. La firme s'occupait de retrouver ses deux frère et sœur à ce moment précis.

— Et une fois que nous aurons confirmé votre lien de parenté avec M. Hinton, vous aurez accès à votre part de l'héritage.

L'esprit fixé sur le traitement de son père adoptif, elle hocha la tête et sourit. Après quatre jours pour s'habituer à sa situation, elle était moins troublée qu'à son arrivée à New York. Elle avait réfléchi à la situation ; si elle en venait à refuser l'héritage de Mark Hinton, ce ne serait pas sur un coup de tête, et pas sans limiter les dégâts. Plutôt que sa part de la succession, elle envisageait de demander la pension alimentaire que son père aurait dû lui verser pendant son enfance. Mais elle pourrait en discuter avec Danny plus tard.

— Avez-vous des questions ?

— Pas sur l'héritage, non. Mais je voudrais savoir... Puis-je rentrer chez moi ?

Danny haussa un sourcil.

— Oh. C'est... compliqué. Vous risqueriez de vous faire attaquer, sans notre protection.

— Pourquoi serais-je attaquée ? Mes parents et moi n'avons rien dit à qui que ce soit. Personne ne sait pourquoi je suis ici. Je suis toujours parfaitement anonyme.

— Je ne suis pas sûr..., hésita Danny en jetant son crayon de papier sur le bureau de bois sombre.

— C'est très simple, pourtant. Je veux rentrer chez moi, parler de cette affaire avec mes parents. Je ne veux pas continuer de dormir dans un lit qui n'est pas le mien et jouer à la touriste dans Times Square toute la journée. À Mannington, je suis quelqu'un de normal, pas une petite campagnarde. Je veux rentrer chez moi.

Et oublier Nick. Dans les rues de son enfance, son souvenir ne hanterait pas chaque recoin, chaque vitrine. Chez elle, tout irait mieux, elle en était persuadée. L'excitation de New York s'évanouirait aussi vite que ses fantasmes romantiques. Elle pourrait tourner la page.

Danny l'observa quelques secondes, puis hocha la tête.

— Très bien, je vais arranger votre retour.

En arrivant au bureau vendredi matin, Nick trouva évidemment une montagne de messages et de demandes laissés en attente. Il y passa la matinée, et, après son déjeuner, entreprit de s'atteler enfin à des travaux plus complexes.

Malheureusement, il était trop distrait pour faire du bon travail. L'image de Leni ne lui laissait pas de répit. Il s'était autorisé à caresser ses cheveux, la veille. À rêver d'un baiser.

Seulement rêver. Embrasser Leni avant de disparaître de sa vie aurait été cruel.

Pour elle comme pour lui.

Mais effleurer sa gorge et plonger les doigts dans ses mèches brunes avait fait frémir quelque chose en lui ; quelque chose de plus profond que le désir. La conviction de leur… Qu'était-ce ? De leur connexion ?

Peu importait. Il avait déjà pris sa décision et il avait l'intention de s'y tenir. Sa vie était terne et morose, et Leni n'y avait pas sa place.

À cette heure-ci, elle devait déjà avoir rencontré Danny et passé ses tests ADN. Que comptait-elle faire dans l'après-midi ? Non pas qu'elle ait besoin d'un compagnon constant, mais la ville était intimidante, et livrée à elle-même…

Non. Il l'avait suivie cette semaine ; il savait qu'elle était parfaitement capable de se débrouiller toute seule. Elle avait sans peine tenu tête aux parents Kourakis, après tout.

Un rire lui échappa, vite remplacé par un grognement frustré. Il avait du travail, pour l'amour du ciel. Il opta pour un dossier particulièrement éreintant, dans l'espoir de reprendre le contrôle de ses pensées.

Son téléphone sonna en fin d'après-midi ; il bondit sur l'appareil en voyant le nom de Danny s'afficher.

— Bonjour, Danny. Comment s'est passé ton rendez-vous avec Leni ?

— Parfaitement. Elle est très gentille, très accommodante, et très intelligente. Mais nous avons un problème.

— Que se passe-t-il ?

— Sa mère m'a appelé. Son père est à l'hôpital.

— Oh ! non…

— Ce n'est pas tout. Leni a demandé à rentrer chez elle, et comme elle m'a promis de garder le secret sur Mark, je lui ai pris un vol pour Topeka.

Son cœur rata un battement, mais il inspira profondément. C'était une bonne chose. Ses parents avaient besoin d'elle.

— Au moins, elle sera au bon endroit, au bon moment.

— Pas vraiment. Son père est dans un état grave, mais l'avion de Leni est déjà parti et son téléphone est éteint. Il n'y aura personne chez elle quand elle arrivera.

— Elle ne va pas rentrer chez elle, elle appellera sa mère après avoir atterri.

— Les téléphones ne sont pas autorisés aux urgences. Et même si elle arrivait à joindre sa mère, ou si nous lui laissions un message, imagine qu'elle apprenne l'état de son père par téléphone ? Il est peut-être sur son lit de mort, Nick. Elle sera toute seule à l'aéroport, sans voiture à disposition. Nous ne pouvons pas lui faire cela. Quelqu'un devrait être là pour elle. L'attendre à l'arrivée et l'emmener voir son père le plus vite possible.

Danny avait raison ; Leni était la personne la plus généreuse qu'il connaissait. Il ne pouvait pas lui infliger une telle angoisse. Il se leva d'un bond.

— Si je prends le jet, je peux arriver à Topeka avant son vol commercial.

— Je sais. C'est ce que j'espérais t'entendre dire.

— Je m'en occupe. À bientôt, Danny.

Il n'avait pas une minute à perdre. Pour tuer le temps pendant le trajet, il fourra quelques dossiers dans son cartable, puis se rua vers l'ascenseur, l'esprit empli de Leni, et le cœur battant la chamade.

Leni descendit de l'avion en lançant un au revoir enthousiaste à l'équipage, puis se hâta vers le retrait des bagages, téléphone en main.

Mais, encore une fois, elle tomba directement sur la messagerie de sa mère. Que personne ne réponde chez elle n'était pas particulièrement surprenant, mais sa mère répondait toujours à son portable… Bizarre. Elle devait l'avoir éteint.

Au bout de quelques minutes, son petit sac tomba et apparut sur le tapis roulant ; avant qu'elle ne puisse le ramasser, une main inconnue se referma sur l'anse.

Elle fit volte-face et se trouva nez à nez avec… Nick.

Son cœur fit une embardée ; des scénarios abracadabrants

envahirent son esprit. Il était là ! Était-ce parce qu'il ne supportait pas de la voir partir sans lui dire au revoir ?

Non, non. Elle se laissait encore ensorceler par son imagination. Elle déglutit, le souffle heurté.

— Nick ! Qu'est-ce que tu fais ici ?

Son regard gris était solennel.

— Leni… Ton père a eu un problème.

C'était la dernière chose qu'elle s'était attendue à entendre, et elle chancela en arrière.

— Quoi ? Quel problème ?

— Je ne connais pas les détails. Une crise d'épilepsie grave. Ta mère a appelé Danny quand elle n'a pas réussi à te joindre, et il m'a envoyé ici. J'ai une voiture ; nous pouvons tout de suite partir pour l'hôpital.

Elle le fixait toujours, la gorge nouée. C'était la seconde fois ce mois-ci qu'il faisait basculer sa vie.

— Est-ce qu'il… Est-ce qu'il va s'en sortir ? s'enquit-elle, les yeux pleins de larmes.

Nick secoua la tête, le visage sombre.

— Je ne sais pas. Mais ne soyons pas pessimistes, d'accord ? À l'hôpital, nous pourrons parler à ta mère et comprendre ce qu'il se passe.

Elle hocha la tête et ils prirent le chemin du parking. Le GPS les guida jusqu'à l'hôpital. À la réception, on leur confirma que son père et sa mère étaient toujours aux urgences. Ils s'élancèrent vers l'aile correspondante et, lorsqu'ils débouchèrent dans le couloir, la mère de Leni sortit de la chambre et tomba dans ses bras.

— Leni ! C'était terrible… Il était en train de rire et bavarder, et d'un seul coup, il a perdu conscience. J'ai cru que c'était une petite crise, qu'il allait revenir à la normale, mais il s'est mis à trembler et il est tombé sur le sol. J'ai tout de suite appelé l'ambulance mais…

— Tu as fait ce qu'il fallait, maman. Comment va-t-il ? Est-ce que je peux le voir ?

— Tu peux, mais ils ont mis si longtemps à calmer la crise qu'il est sous sédatifs. Il n'a pas bougé depuis des heures.

— Je préfère quand même le voir, souffla Leni.

Sa mère hocha la tête et pivota pour guider Leni, mais elle aperçut Nick et se figea, surprise.

— Oh ! désolée. Je ne vous avais pas vu. Nick, c'est ça ?

— Oui. Ne vous inquiétez pas, Mme Long. Je vais aller chercher un siège. Occupez-vous de votre mari.

La mère de Leni hocha la tête et partit avec Leni. Dans son lit d'hôpital, avec son intraveineuse et entouré de machines clignotantes, son père avait l'air exténué.

Mme Long passa un bras autour des épaules de Leni.

— Ils m'ont prévenue qu'après une crise de cette ampleur et avec les sédatifs, il dormirait sûrement jusqu'à demain.

Leni leva les yeux vers sa mère, une boule d'angoisse dans la gorge.

— Mais ils sont certains qu'il va s'en remettre ?

— C'est à cela que servent toutes ces machines. Tant qu'aucune des alarmes ne sonne, il va bien.

Elles restèrent dans la chambre et le regardèrent dormir pendant un long moment. Mais, assise sur la chaise en plastique, l'émotion de la journée tomba sur les épaules de Leni comme une chape de plomb. Elle finit par bâiller.

— Tu devrais rentrer, murmura sa mère ;

— Non, non. Je veux rester.

— Leni, tu es épuisée. Tu avais rendez-vous avec l'avocat aujourd'hui, non ?

— Oui. Il m'a donné quelques informations à propos de la succession, le minimum syndical. Il ne peut pas me parler de grand-chose tant qu'il n'a pas les résultats de mon test d'ADN. Trop d'argent en jeu.

— Mais tu n'as pas l'air trop inquiète.

— J'ai eu un peu de temps pour réfléchir.

Elle ne savait pas encore combien d'argent elle était prête à accepter, mais sa mère avait d'autres problèmes à gérer pour l'instant.

— Je crois que si je suis vraiment son héritière, je vais devoir engager mon propre avocat. Danny a bien insisté sur le fait qu'il était l'avocat de la fortune Hinton, pas le mien. Il a aussi dit que mes échantillons d'ADN sont envoyés aux laboratoires de façon anonyme, donc ils ne seront pas traités en urgence. Comme il ne savait pas quand nous aurions les résultats, j'ai demandé à rentrer.

Elle grimaça.

— Je voulais vous faire une surprise…

— Mais c'est nous qui t'avons surprise.

Leni tenta de sourire, en vain, et baissa les yeux sur son père. L'amour et l'inquiétude lui serraient le cœur. Elle aurait tout donné pour qu'il se réveille et lance une de ses mauvaises blagues, à cet instant.

— Leni, j'étais sérieuse. Tu n'as pas besoin de rester toute la nuit ; il ne va pas se réveiller avant plusieurs heures. Rentre à la maison. Repose-toi.

— Tu veux rester ?

— Oui, mais ne t'inquiète pas. Ils ont un lit de camp.

— Si tu restes, je veux rester aussi.

— Et dormir où ? Dans la salle d'attente ?

— Je suis trop nerveuse pour dormir, maman.

Elle se souvint soudain que Nick les attendait toujours et poussa un soupir.

— Je vais dire à Nick de se trouver un hôtel. Ou de rentrer à New York. Tu as ta voiture ?

Sa mère hocha la tête.

— Oui, j'ai suivi l'ambulance.

— Parfait. Il pourra reprendre sa voiture de location et retourner directement à l'aéroport.

Elle le retrouva dans la salle d'attente ; en la voyant, il bondit sur ses pieds.

— Comment va-t-il ?

— Il dort. Les médecins pensent qu'il ne se réveillera pas avant demain matin. Il a besoin de repos.

— C'est une bonne nouvelle, alors ?

— J'imagine, soupira-t-elle.

— Installe-toi, Leni.

Elle se laissa tomber sur la banquette pelée. Comme il s'asseyait près d'elle, elle leva les yeux vers lui.

— Oh ! Non, ne te dérange pas. Tu peux partir, Nick.

Il haussa les sourcils, perplexe.

— Partir ? Retourner à New York ?

— Oui. Je vais rester ici cette nuit.

— Alors moi aussi. Les chaises ne sont pas trop mal. Nous arriverons peut-être même à dormir un peu.

— Dans cinq heures, quand tu auras mal partout, tu changeras sûrement d'avis concernant les chaises.

Elle ne put s'empêcher de sourire en l'entendant rire. Elle se pelotonna plus confortablement sur la banquette. Dans la salle d'attente vide, ils se turent, et un silence profond tomba sur la pièce. Son cerveau était en ébullition ; pendant de longues minutes, elle se força à respirer plus calmement, à démêler le chaos de ses pensées. Tout fort, elle dit soudain :

— Je me souviens du jour où j'ai rencontré mes parents…

Nick se tourna vers elle.

— Vraiment ?

— Oui, j'avais déjà huit ans. Je savais ce qu'il se passait.

— Cela a dû être très difficile.

— C'était aussi effrayant. De partir avec une nouvelle famille. Quand les Long m'ont annoncé qu'ils voulaient m'adopter, je n'en croyais pas mes oreilles.

— Pourquoi ? Je suis sûr que tu étais très mignonne.

Elle rit légèrement.

— À chaque fois que j'arrivais dans une nouvelle famille d'accueil, j'avais l'espoir qu'ils m'aimeraient assez pour me garder. Mais j'avais déjà été déçue plusieurs fois. Mais les Long ont fait des efforts pour me plaire dès le premier jour. C'était hilarant, pour être honnête. Après un ou deux jours à regarder mon père faire des pieds et des mains pour me mettre à l'aise, je savais que j'avais trouvé ma place. Que ces gens qui riaient dès le petit déjeuner et passaient la soirée devant un plateau de Monopoly étaient faits pour moi, pour toujours. J'ai décidé d'être la meilleure petite fille du monde pour que nous passions la meilleure vie ensemble.

— Tu partages une très belle histoire avec eux.

Elle lui sourit, un peu apaisée.

— Je sais.

Mais la réalité la rattrapa aussitôt, et elle ferma les yeux.

— Si mon père meurt, je ne le supporterai pas.

La peur et l'impuissance de Leni submergèrent Nick comme une houle rageuse. Sans hésiter une seconde, il se pencha en avant et la serra contre son cœur.

Elle se blottit contre lui. Il comprenait la terreur de perdre quelqu'un qui lui était si cher. Il ne pouvait pas supporter de la voir souffrir ainsi. Il ne pouvait pas la protéger, et pourtant, il aurait tout donné pour lui épargner le deuil.

Ils somnolèrent quelque temps, se réveillèrent en pleine nuit, et elle le quitta pour rendre visite à son père. Dix minutes plus tard, elle réapparut dans la salle d'attente.

— J'ai parlé à l'infirmière. Il est stable. Ma mère dort.

Il s'étira.

— C'est bien, elle a besoin de repos aussi.

Elle hocha la tête et se rassit près de lui. Elle se couvrit de sa veste, et Nick fit de même avec son pardessus.

Ils durent s'endormir de nouveau, car quand Nick rouvrit les paupières, ils étaient pelotonnés l'un contre l'autre, tous deux sous son manteau. La lumière froide de décembre cascadait à travers les grandes fenêtres.

Il la garda contre lui quelques secondes pour savourer sa proximité. Il ne la méritait peut-être pas, mais il voulait être auprès d'elle et la soutenir. Elle était forte, mais elle avait déjà surmonté tant de tragédies, et perdre son père…

Non, il ne préférait pas y songer. Il savait combien la mort s'insinuait dans une âme, dans une famille, et les plongeait dans l'obscurité. Il inspira profondément, un barrage ténu contre ses propres souvenirs. Lorsqu'il baissa les yeux, Leni le regardait avec un sourire fatigué.

— Bonjour.

— Bonjour, souffla-t-il.

Non, il ne pouvait pas la protéger contre cette douleur, mais il pouvait l'épauler pendant cette traversée, et prier pour que son père en sorte sain et sauf.

— Je vais aller prendre des nouvelles de mon père et m'assurer que ma mère a survécu à son horrible lit de camp.

Il rit légèrement et relâcha son étreinte, mais sa promesse silencieuse était plus fervente que jamais. Il voulait rester à ses côtés et lui fournir ce dont elle avait besoin.

Ils trouvèrent le père de Leni éveillé, assis dans son lit. Denise Long s'était installée au bord du matelas, un grand sourire aux lèvres. Leni poussa une exclamation de soulagement et se jeta dans les bras de son père.

— Papa !

— Salut, chaton. Tu y vas un petit peu fort…

— Oh pardon ! Je t'ai fait mal ?

— Non, non. Je suis juste un peu éreinté, grimaça-t-il. Bizarrement éreinté. Plein de courbatures.

— Justement : nous allons faire quelques tests.

Un docteur venait d'entrer dans la chambre.

— Je suis le Dr Stevens, votre neurologue. Je vois sur votre charte que vous avez subi un accident de travail ?

— Il y a deux ans, oui.

— Et ces crises ne se manifestent que maintenant ?

— J'ai commencé à avoir des petites crises d'épilepsie il y a quelques mois. À ce que je sais, en tout cas. J'ai lu que des crises presque infimes peuvent avoir lieu sans même que je ne m'en aperçoive.

Le docteur prit quelques notes.

— Je vais vous faire passer quelques examens avant de tirer des conclusions.

Il s'éclipsa, et, quelques minutes plus tard, une infirmière apparut avec un fauteuil roulant.

— Nous avons un programme chargé ce matin. Les tests vont durer au moins deux heures, lança-t-elle. Vous devriez aller prendre un petit déjeuner, Mme Long.

Après le départ de son père, Leni passa sa main sous le coude de sa mère.

— Elle a raison, tu sais. Viens, maman.

— Non, je ne peux rien avaler.

— Il faut bien que tu reprennes des forces !

— Non, allez-y sans moi. Rapportez-moi juste un café.

— Et si j'allais plutôt chercher du café et des doughnuts ? s'enquit Nick.

Leni lui sourit, reconnaissante.

— Ce serait très gentil de ta part, Nick.

Il lui fallut une bonne quinzaine de minutes pour trouver la cafétéria. Comme il ne connaissait pas leurs préférences, il commanda trois cafés, et enfouit quelques sachets de sucre et de crème dans ses poches. Le vendeur lui tendit ses six doughnuts emballés, et il reprit le chemin des urgences.

Leni et sa mère l'attendaient à une table ronde dans la salle d'attente. Il leur fit passer une tasse, posa le sucre, la crème et les pâtisseries au centre, et les laissa choisir.

— C'est si frustrant, disait la mère de Leni. Il allait parfaitement bien et d'un seul coup, il était… parti. Sans aucun avertissement.

— C'est à cela que servira le chien d'assistance, Maman.

— Nous ne pouvons nous permettre…

Mme Long se tut, puis sourit à Nick.

— Navrée, je ne devrais pas ressasser nos difficultés alors que vous êtes avec nous.

— Hé, aucun problème. Toutes les familles ont leurs problèmes.

Sa mère, par exemple, s'était jetée dans les projets de charité depuis la mort de Joe. Son père, quant à lui, s'était focalisé sur Nick : il suivait chaque aspect de sa vie, s'assurait qu'il continuait de faire prospérer l'entreprise. Autant de reproches silencieux, destinés à lui rappeler qu'il avait le devoir de remplacer son frère. De combler le vide.

— Et puis, peut-être que nous allons bientôt avoir assez d'argent, Maman, reprit Leni. Même si je ne demande que l'équivalent de la pension alimentaire que Mark Hinton n'a jamais payée, ce sera suffisant pour couvrir les frais médicaux de Papa.

Nick releva les yeux, étonné. Il retint la myriade de questions qui lui brûlait la langue, mais ne put retenir son œillade admirative. Leni avait des principes et du courage. Quoiqu'il advienne, elle ne laisserait pas son père souffrir.

Un étrange sentiment bouillait dans ses veines. La certitude qu'il avait eu raison de la rejoindre se heurtait à la conviction qu'il ne serait jamais à sa hauteur. Et si sa présence ici envoyait un message trop ambigu ? S'il était allé trop loin, s'il avait dépassé la frontière qu'il avait si minutieusement tracée ?

Non. C'était ridicule. L'aider quand elle en avait besoin ne véhiculait aucun autre message qu'une amitié sincère. Bien sûr, ils gravitaient l'un vers l'autre ; bien sûr, il avait aimé la serrer dans ses bras ; mais c'était une compassion naturelle. Elle avait besoin de lui, il était là pour elle. Quand Joe était mort, il avait surmonté les émotions les plus douloureuses qui soient. Il aurait été parfaitement capable d'aider Leni sans se compromettre. Il saurait garder ses distances.

9.

En revenant avec son père, après ses examens, l'infirmière leur conseilla de se reposer avant leur rendez-vous avec le docteur, prévu le soir même. Leni était du même avis et parvint enfin à convaincre sa mère de rentrer à la maison avec elle pour faire la sieste.

Elle monta dans la voiture de sa mère et Nick les suivit. Ils arrivèrent à la résidence des Long une heure plus tard ; il faisait chaud dans la maison, et des cookies décorés de glaçage vert et rouge les attendaient sur le comptoir de la cuisine, où sa mère venait juste de les poser quand son père avait perdu conscience.

Denise accrocha son manteau dans l'entrée.

— Je vais vous préparer de quoi déjeuner.

— Non ! s'exclama Leni, outrée.

— Certainement pas, renchérit Nick. L'infirmière a été claire ; il faut que vous dormiez un peu.

Leni posa ses mains sur ses épaules et la fit pivoter vers sa chambre.

— Va t'allonger, maman.

— Faites une petite sieste, madame Long. Quand vous vous réveillerez, le déjeuner sera prêt, d'accord ?

Leni se tourna vers Nick, surprise. Elle aurait parié qu'il avait une cuisinière à domicile ou mangeait tout le temps dehors.

— Tu vas *cuisiner* ? demanda-t-elle.

— Je ne suis pas un grand chef, mais je suis connu pour mes spaghettis bolognaise…

— J'aime beaucoup les spaghettis, dit Denise en souriant.

— Alors laissez-moi faire, lança-t-il avec un clin d'œil.

Alors que sa mère montait dans sa chambre, Leni continua d'observer Nick. Quand il laissait tomber ses défenses, il était si attentionné… Il était venu la chercher à l'aéroport, il était resté auprès d'elle, il lui avait offert son aide silencieuse et un véritable soutien moral. Et elle ne pouvait oublier la façon dont ils s'étaient blottis l'un contre l'autre sur la banquette de l'hôpital ; l'émotion sur son visage, quand elle s'était éveillée contre lui.

Cependant, il était venu à la demande de Danny. Il faisait son devoir – rien de plus, rien de moins.

— Je ne suis pas sûre que nous avons ce qu'il faut.

— Est-ce que Mannington a un supermarché ?

— Bien sûr que nous avons un supermarché !

Il rit de la voir si offensée, mais elle grimaça presque aussitôt.

— Un *petit* supermarché, admit-elle.

— Du moment qu'ils ont des pâtes…, sourit-il, taquin.

Elle rit et referma sa veste. Il ne savait vraiment rien de la vie de village, n'est-ce pas ? Et pourtant, sa mère avait besoin de leur aide, et il lui offrait la sienne sans contrepartie.

Pour rendre service à Danny.

Elle ne pouvait pas se permettre d'oublier ce détail crucial. Pas question de se reposer sur Nick. Pas question d'inventer une romance là où il n'y en avait pas.

— Allons-y, lança-t-elle par-dessus son épaule.

Ils grimpèrent dans la voiture de location ; comme elle restait silencieuse, toujours aux prises avec ses sentiments ambivalents, Nick s'enquit avec compassion :

— Toujours inquiète pour ton père ?

Penser à son père et aux difficultés auxquelles il allait sans doute faire face lui arracha un soupir exténué. Elle appuya sa tête contre le dossier et ferma les yeux.

— Mon père a mis beaucoup de temps à se remettre de son accident, tu sais. Quand il s'est blessé, il a passé une période très difficile, mais il est de nouveau lui-même, maintenant.

Prêt à se battre jusqu'au bout. J'espère juste que cette crise ne cache pas quelque chose de plus grave.

Elle lui fit signe de tourner à droite, en direction du supermarché. Ils se garèrent, et, à l'entrée, en la voyant attraper un Caddie, il lui lança un sourire un peu embarrassé.

— Quoi ?

— C'est la première fois que je vais dans un supermarché. Tu disais que c'était petit… Mais je le trouve immense.

Il montra du doigt les sept allées de nourriture et de produits d'entretien qui s'étendaient devant eux. Elle rit en poussant le chariot.

— Oh ! je vois. Tu n'as jamais été dans un centre commercial. Tu ne sais pas ce que tu perds, railla-t-elle.

— Regarde toute cette nourriture ! Ils ont tellement de bonbons de Noël, s'extasia-t-il en ralentissant devant un présentoir.

Comme il étudiait toujours les boîtes de canne à sucre, les sachets pailletés, les chaussettes en feutre remplies de chocolat, elle ne put retenir un petit rire.

— Tu veux un paquet, Nick ?

Il pivota vers elle, penaud.

— Non, je… Allons-y, trouvons nos ingrédients.

Elle le suivit dans les rayons, un demi-sourire aux lèvres, encore une fois étonnée par le fossé qui les séparait. Il regardait le supermarché le plus ordinaire qui soit avec des yeux emplis d'admiration et de curiosité. Mais ici, avec lui, quand il était si spontané et si attentionné, le fossé lui semblait moins effrayant qu'à New York. Tout était si simple, quand ils étaient ensemble. Il avait tranquillement attrapé la poignée du Caddie et bavardait gaiement en sélectionnant des tomates fraîches, et elle…

Elle n'avait pas le droit de se bercer d'illusions. S'il n'avait pas été envoyé ici par les avocats de Mark Hinton, elle ne l'aurait revu qu'en tant que gestionnaire financier de son hypothétique fortune. *Pour l'amour du ciel, elle ne le connaissait que depuis une semaine !* Elle avait passé des mois entiers dans ses familles d'accueil ; et chaque fois, elle avait été renvoyée, passée dans d'autres mains, sans un regard en arrière. Elle se souvenait encore de cette souffrance, de l'abandon. Elle s'était juré de ne jamais revivre une situation pareille. Elle ne pouvait pas mettre son cœur en péril, pas ainsi. N'avait-elle donc pas reconstruit sa fierté, morceau par morceau, année après année ? Ne connaissait-elle donc pas sa véritable valeur ? Elle était indépendante, et elle avait la tête sur les épaules. Elle ne pouvait pas se laisser emporter par un fantasme.

— Est-ce qu'il y aurait du pain frais, ici ? demanda Nick.

— Il y a une boulangerie juste à côté. Tu as déjà été à la boulangerie ? le taquina-t-elle.

— Hé, ce n'est pas parce que je suis riche que je suis complètement déconnecté du monde réel.

— Bien sûr, bien sûr.

— C'est vrai ! J'étais dans la marine ! Je sais faire… des choses. Plusieurs choses.

Elle battit des cils, amusée.

— Comme quoi ?

— Tu préfères que je t'explique comment on tue un homme à mains nues, ou comment survivre dans n'importe quelle contrée avec le minimum syndical ?

— Tu as eu l'occasion de mettre ces deux choses-là en pratique ? s'exclama-t-elle, éberluée.

— Bien sûr. J'ai participé à des missions de sauvetage et de capture, Leni.

Elle le fixait toujours, abasourdie. Espiègle, il glissa deux doigts sous son menton pour refermer sa bouche bée.

— Je vois que tu n'y avais pas vraiment réfléchi.

— Désolée, cela me semble si… impossible.

Mais maintenant qu'elle y songeait… Nick exsudait une force physique qu'elle avait remarquée dès leur première rencontre. Et il lui avait déjà avoué qu'il aimait le danger.

Ils avaient rassemblé tous les ingrédients pour la bolognaise. Elle le guida jusqu'à la caisse sans insister, mais elle ne put s'empêcher de l'observer en coin pendant qu'il faisait passer les articles, fascinée. Comme elle l'avait été lors de leur dernier soir, dans le pub irlandais. Le soir où elle s'était serrée contre lui pour partager la chaleur de son corps sous la neige, le soir où il ne l'avait pas embrassée.

Tilly, la caissière, profita de l'inattention de Nick – occupé à taper son code sur le terminal de paiement - pour lancer un clin d'œil à Leni et lever le pouce. Leni dissimula un sourire et secoua la tête.

En quelques minutes, ils étaient de retour à la maison des Long, leurs courses déballées sur le comptoir de la cuisine. Leni alla vérifier que sa mère dormait avant de rejoindre Nick aux fourneaux.

— D'abord, les boulettes de viande, lança-t-il.

— Qu'est-ce que je peux faire pour toi ?

— Non, non, je m'en occupe, dit-il en malaxant la viande hachée, des oignons et des miettes de pain.

— Tu as dit que tu étais connu pour ta recette ?

— Fais-moi confiance, mes spaghettis sont *fabuleux*.

Elle éclata de rire.

— Arrête !

— Pourquoi ? J'aime te voir rire.

Leurs regards s'accrochèrent, et son cœur s'embrasa. Nick, lorsqu'il était sophistiqué et maître de lui, était presque irrésistible ; mais ce Nick-ci, si naturel, avec ses fossettes et ses plaisanteries, aurait pu la faire fondre d'un seul regard.

Mais bien sûr, elle ne voulait pas fondre.

Elle contourna l'îlot central et s'installa devant le plateau de cookies que sa mère avait abandonnés en partant à l'hôpital. Ils étaient, comme tous les ans, destinés à leurs amis, et elle entreprit de les diviser par lots dans les boîtes en carton festives que sa mère gardait dans un placard.

— Tu sais, avant, je faisais rire tout le monde.

La voix pensive de Nick la fit relever les yeux.

— Ah bon ? dit-elle en souriant. Pourtant, c'est toi qui m'as dit que tu n'étais pas drôle.

— Je ne sais pas si j'étais… drôle, exactement. Mais j'étais casse-cou et insolent. J'ai commencé le saut à l'élastique avant que ce ne soit à la mode. Je faisais des figures complètement folles sur mon jet-ski.

— Des tours ? Comme un patineur ? lança-t-elle, taquine.

— Non, comme un cascadeur, rétorqua-t-il dans un sourire. Et j'étais plutôt populaire auprès des femmes, aussi. Si je savais bien faire une chose, c'était les divertir.

— Tu es sûr que ce ne sont pas ta beauté et ta fortune ?

— Je n'ai jamais étalé l'argent de ma famille.

— Pas besoin. Tes vêtements en disent déjà long.

— Pas quand je porte un jean et un sweat-shirt.

— OK, je te l'accorde.

Ils restèrent quelques secondes silencieux, puis Nick releva les yeux vers elle.

— Tu trouves que je suis beau, alors ?

Oh non, elle ne lui accorderait pas ce point-là, par contre. Il était bien assez prétentieux !

— Pas toi ?

— Belle esquive, dit-il en riant.

— Tu n'as pas besoin de moi pour nourrir ta vanité.

Il ne répondit pas immédiatement, occupé à rouler la dernière boulette de viande avant de la poser sur la plaque.

— J'étais vaniteux, à une autre époque. J'avais de la chance, j'étais de bonne compagnie, j'étais beau…

Il lui jeta une œillade malicieuse, sourcil arqué, et elle rit à son tour. Il préférait plaisanter plutôt que de lui parler de sa souffrance, mais elle la sentait, bouillante sous la surface.

— Que s'est-il passé, Nick ?

Il resta silencieux, occupé à sortir la poêle. La pause était presque naturelle ; il était concentré sur le repas, après tout. Mais elle se souvenait d'autres anecdotes, d'autres aveux. Il avait parlé d'un frère qui le suivait partout, mais elle n'avait jamais vu son nom dans la presse.

— Et ton frère, il t'accompagne dans tes aventures ?

— Mon frère est mort.

Sa réponse la glaça. Oh ! non. La veille, quand elle avait

attendu que son père se réveille, elle s'était sentie si vide, si submergée par la peur et l'impuissance, et… Nick avait vécu cette horreur de première main. Bien pire que cela, puisque son frère n'avait pas gagné la bataille. Il ne reviendrait pas. Cette finalité-là était insupportable.

Il glissa la viande dans le four sans ajouter un mot. Maintenant qu'elle en savait plus sur son passé, elle comprenait qu'elle s'était trompée, pendant leur premier jour à New York : Nick ne gardait pas jalousement ses secrets. C'était autre chose ; comme si… Comme s'il restreignait une partie de lui-même.

Était-ce parce qu'il voulait se protéger d'un nouveau deuil ? Ou parce que la souffrance l'avait épuisé, morcelé ? Elle déglutit difficilement. Elle ne pouvait rien faire, si ce n'était lui offrir une porte de sortie, juste quelques minutes.

— Parle-moi du saut à l'élastique.

Un éclair de gratitude passa dans ses yeux bruns ; il avait compris son intention, et il lui était reconnaissant.

— C'est exaltant. Incroyable.

— Je n'oserais jamais…

— Oh ! je suis sûr que je pourrais te convaincre.

— Parce que tu es un beau parleur ?

Elle l'imaginait sans peine, avec ses yeux sombres, étincelants d'espièglerie, et son rictus amusé ; sa vie d'aventures et de liaisons, d'adrénaline et de plaisir.

— *T-ttt*. Je ne suis pas un beau parleur, juste un bon rhétoricien. Ce n'est pas la même chose.

— Oh ! bien sûr. Et tu n'as jamais utilisé ta bonne rhétorique sur des femmes en pâmoison, peut-être ?

— Je suis toujours honnête. Surtout avec les femmes.

Quand il la regardait comme cela, le regard brûlant, sincère, elle ne pouvait retenir l'excitation de son pouls. Elle retint son souffle, le regard plongé dans le sien. Il avait raison : il avait été toujours été honnête avec elle.

Une main sur le comptoir, près d'elle, il se pencha en avant, si proche que son souffle chatouilla sa peau.

— Je suis honnête, et elles peuvent être honnêtes avec moi aussi. Jouir de moi autant que je jouis d'elles.

Oh… Elle avait entièrement perdu le souffle.

— Je commence par un baiser… Un baiser léger. Juste pour voir s'il y a une étincelle.

Le corps tendu à craquer, électrisée par l'anticipation, elle ne baissa pas les yeux. Elle le voulait, ce baiser. Elle voulait la preuve qu'elle était *plus*, plus qu'une inconnue dont il avait eu la malencontreuse responsabilité.

Mais il ne bougea pas. Il aurait pu la faire basculer contre l'îlot de la cuisine, mais il ne bougea pas.

Elle était figée, en attente, emprisonnée par ses prunelles flamboyantes. Incapable de reculer, incapable d'avancer. Quelle idiote ; il n'avait sans doute même pas envie de…

À l'instant même où elle amorçait un mouvement de recul, il éclipsa le dernier centimètre qui les séparait et frôla ses lèvres. Un frisson courut sous sa chair, et son sang se mit à bouillir, et sa respiration s'accéléra, soudain ressuscitée ; entre eux, une flamme ardente s'était allumée, assez puissante pour incendier la pièce, le monde, et son corps tout entier.

Contre toute attente, il ne recula pas. Il était toujours là, à un souffle d'elle, sa présence aussi vibrante qu'un brasier, et lorsqu'elle rouvrit les paupières, elle ne trouva que son sombre, sombre regard.

Nick savait qu'il aurait dû fuir. Il avait voulu engloutir le souvenir de son frère sous une avalanche de provocations, mais il s'était pris à son propre piège. Dès que sa bouche avait touché la sienne, il avait eu la preuve de ce qu'il avait toujours su. Il voulait plus ; il avait besoin de plus ; son désir, inavoué, aigu, sensuel, le torturerait plus encore maintenant qu'il avait osé la toucher…

Et dans les yeux de Leni, il voyait la même soif reflétée.

Il se pencha de nouveau et captura ses lèvres, pleinement, avidement. Elle attrapa immédiatement son visage entre ses mains douces et se pressa contre lui. La convoitise ricocha en lui. Son corps se moula au sien, et elle raffermit son étreinte, comme si elle avait peur qu'il cesse de l'embrasser.

Impossible, impossible.

Il l'enlaça avec ferveur. Il aurait juré sentir les battements frénétiques de son cœur contre le sien…

Son cœur ? N'allait-il pas lui briser le cœur ? Qu'était-il en train de faire ? Séduire une femme dont le père était à l'hôpital, dont le monde avait été entièrement chamboulé, alors qu'il ne pourrait jamais rester à ses côtés ? Il n'avait jamais eu de relation sérieuse, et surtout pas avec une femme aussi tendre et aussi vraie que Leni.

Il lui ferait du mal, c'était inévitable.

Il se détacha lentement, puis se força à lui sourire. Il pouvait rattraper la situation. Ignorer les complications. Il avait passé des années à étouffer ses sentiments ; il était passé maître dans l'art.

— Et voilà, c'est l'étape numéro 1, dit-il d'un ton léger.

— Je ne crois pas que je survivrais à l'étape numéro 2.

Elle soutenait toujours son regard de ses yeux si perceptifs, et une part de lui brûlait de la croire. Était-elle aussi troublée que lui ? Leur baiser signifiait-il quelque chose à ses yeux ? Non, non. Il ne pouvait lui faire aucune promesse. Personne ne voulait d'un homme dont l'identité s'était construite sur le remords et le dégoût de lui-même.

Et leur alchimie était trop… dévastatrice. Leni avait raison, il n'était pas sûr qu'il survivrait à la deuxième étape, lui non plus. Pas sûr qu'il survivrait à une autre étreinte, alors qu'elle serait nécessairement sans lendemain.

Il avait besoin d'espace. *Ils* avaient besoin d'espace.

— Je devrais avoir fini de cuisiner d'ici une demi-heure. Pourquoi ne vas-tu pas te reposer aussi ?

Elle hésita une seconde, mais hocha la tête. Peut-être était-elle aussi soulagée que lui d'échapper à l'atmosphère pesante, encore électrique. Elle sortit de la cuisine sans se retourner. Il laissa enfin tomber sa tête dans ses mains avec un soupir. Bon Dieu. Qu'avait-il fait ? Sa vie était tissée de regrets, d'amertume, d'erreurs. Il devait garder ses distances. Mais oh, comme il voulait Leni ! Juste une nuit…

Il devait partir avant qu'il ne soit trop tard ; et ne plus jamais se retourner.

10.

Quand la mère de Leni émergea dans la cuisine, la viande était prête et marinait dans la sauce bolognaise. Nick fit bouillir l'eau pour les spaghettis pendant que Leni sortait la salade et mettait la table.

— Merci pour tout, c'est trop, lança Denise en s'asseyant.

Heureuse de la voir un peu rassérénée, Leni lui sourit.

— Tu as bien dormi, maman ?

— Oui, je devais en avoir besoin. Si cela ne vous dérange pas, après le repas, j'aimerais prendre une douche et retourner tout de suite à l'hôpital.

— À votre service, dit Nick.

Leni leva précautionneusement les yeux vers lui ; ils ne s'étaient pas regardés depuis leur baiser. Elle savait pourquoi. Le moindre frôlement crépitait entre eux comme un coup de tonnerre. Nick avait essayé de le camoufler… Mais il avait perdu le contrôle, elle en était certaine.

— Nick, ne te sens pas obligé de nous suivre. Tu en as déjà trop fait pour moi.

— Elle ne vous a pas embêté, j'espère ? s'enquit sa mère.

— Oh non, pas du tout. C'est très facile de bien s'entendre avec Leni, répondit Nick en souriant.

Le cœur de Leni rata un battement. Il avait parlé d'un ton léger, mais ses oreilles avaient rosi. *Oh*. Il avait bel et bien un faible pour elle, comme elle avait un faible pour lui. Il le lui avait déjà montré, de plusieurs façons, et leur baiser aurait pu le lui prouver pour de bon… S'il n'avait pas fait trois pas en arrière pour un pas en avant.

Elle serra les dents et se concentra sur son assiette. Si elle n'était pas l'héritière de Mark Hinton, elle ne reverrait jamais Nick. Elle resterait à Mannington.

Et puis, pourquoi rêver de choses impossibles ? Elle avait eu son baiser. Elle aurait dû s'en contenter.

Sauf que… Sauf que personne ne l'avait jamais embrassée ainsi. Personne ne l'avait jamais *embrasée* ainsi. Elle ne pouvait pas abandonner maintenant, pas lorsqu'elle savait, profondément, que ce magnétisme était unique, un lien qu'elle ne connaîtrait avec personne d'autre.

Et pourquoi s'obstinait-il à fuir ? Le détachement auquel il s'accrochait si fort avait-il un rapport avec la perte de son frère ? Peut-être pouvait-elle l'aider. L'épauler. Peut-être que leur rencontre était un clin d'œil du destin.

C'était dangereux, ambitieux… Mais il vivait depuis trop longtemps dans des limbes d'indifférence et de solitude, et elle ne pouvait pas le supporter. Elle l'avait vu morne et silencieux à New York. Elle l'avait vu plus rieur, plus heureux auprès d'elle. Il y avait *quelque chose* entre eux, quelque chose d'important. Elle ne pouvait pas abandonner sans se battre.

Simplement, était-elle prête à risquer son cœur pour un homme qu'elle connaissait à peine ?

Il faisait déjà sombre lorsqu'ils se garèrent devant l'hôpital. La lune brillait dans le ciel, luminescente sur la cime des arbres. Les décorations de Noël, sur le comptoir de l'accueil et les bureaux des infirmières, au-dessus des grandes portes et autour des fenêtres, clignotaient sur leur passage alors qu'ils marchaient jusqu'aux urgences.

Ils attendirent le docteur pendant une heure, durant laquelle Leni put bavarder tranquillement avec son père et sa mère dans l'espoir de les détendre.

Le neurologue leur expliqua ensuite que le cerveau de son père présentait des lésions parfaitement placées – ce qui lui sembla contradictoire, jusqu'à ce qu'il annonce :

— Elles sont parfaitement placées car nous pouvons les supprimer.

— Vous voulez dire… Une opération cérébrale ? demanda sa mère, les yeux écarquillés.

— Exactement. Et comme pour toutes les opérations, elle présente des risques, mais nous sommes convaincus qu'en éliminant les lésions qui se sont propagées depuis l'accident, son épilepsie disparaîtra.

Des questions fusèrent en rafale ; contre la fenêtre, Nick aussi exprimait une interrogation de temps à autre, apparemment attentif. De toute évidence, l'opération avait trop d'avantages pour que cette solution soit ignorée ; néanmoins, Leni voulait s'assurer que son père la subisse dans les meilleures conditions possible. Et pour engager un expert, elle avait besoin d'argent.

Et peut-être en aurait-elle très bientôt. Des millions et des millions. Si Mark Hinton était son père biologique.

Le paradoxe de sa situation la frappa soudain. Elle n'aurait jamais eu le père extraordinaire qu'elle avait aujourd'hui si son père biologique l'avait gardée. Cet homme qui n'avait pas voulu d'elle, et elle n'en voulait pas non plus. Mais elle avait besoin de ce qu'il lui avait laissé pour sauver le père qui ne l'avait jamais abandonnée.

Ils restèrent auprès du malade après le départ du médecin pour discuter des avantages et des inconvénients, de leurs inquiétudes et de leurs espoirs. Quand l'heure des visites toucha à sa fin, ils décidèrent de rentrer plutôt que de s'installer dans la salle d'attente.

Épuisée, Denise fila immédiatement dans sa chambre. Nick, dans l'entrée, se tourna vers Leni.

— Est-ce que ça va aller ?

— Oui, oui. J'ai juste besoin de réfléchir. Et je voudrais avoir plus d'informations. Je vais lire des articles en ligne.

Il rit doucement.

— Tu aimes la recherche, hum ?

— J'aime savoir dans quoi je m'engage. Et je veux trouver un expert de ce genre de procédures.

Nick la contempla quelques secondes, scrutateur.

— Tu veux engager un ponte de la neurochirurgie. Et tu veux ton héritage, devina-t-il.

— Exactement.

— Tu n'as pas l'air très contente, cela dit.

Elle poussa un long soupir.

— C'est un peu doux-amer. Pour aider le père qui m'a élevée, je dois me reposer sur le père qui m'a ignorée.

— Tu sais, c'est exactement ce que Mark aurait voulu.

Elle cligna des yeux, confuse.

— Mark n'était pas cruel, tu sais, reprit Nick. Il travaillait trop, il était paranoïaque et angoissé. Je pense qu'il comptait sur ta mère pour prendre soin de toi. Il ne savait sans doute pas qu'elle était malade.

— Il n'a jamais essayé de le savoir.

— Il avait même du mal à aller jusqu'à ses bureaux, certains jours. Il ne se sentait en sécurité qu'en plein milieu de l'océan, quand il pouvait pêcher en paix. Des centaines de milliers d'individus dépendaient de lui pour leur travail, et cette responsabilité pesait trop lourd sur ses épaules.

— Ce n'est pas une excuse, Nick.

— Je sais, mais c'est une explication. Ton père n'a pas vécu très heureux, mais toi, tu adores la vie. Grâce aux Long. Ils ont fait de toi la personne que tu es aujourd'hui. Ne gâche pas ton bonheur pour Mark et pour les erreurs qu'il a faites. Profite de son argent pour sauver ton père. Mark aurait été heureux de te faire ce cadeau, et lui en vouloir pour toujours ne fera souffrir que toi.

Sa perspective s'insinua en elle, lentement, comme un baume dont la chaleur se diffusait dans son âme ; une légèreté nouvelle. Nick lui offrait la solution qu'elle avait longtemps cherchée. Il avait raison, bien sûr. Elle y avait songé, ces derniers temps. Mais entendre quelqu'un d'autre lui affirmer que pardonner n'était ni lâche, ni déloyal… C'était un réel soulagement.

— Tu verras, Leni. Cet héritage va changer ta vie.

— Et il a déjà changé la tienne, dit-elle avec un sourire taquin. Imagine, sinon : tu ne m'aurais pas rencontrée.

— C'est vrai, et j'aurais continué à vivre ma vie sans savoir que j'étais aussi vaniteux qu'ennuyeux.

Elle rit, mais avant qu'elle ne puisse le rassurer, il s'était tourné vers la porte.

— Bref, si tu n'as plus besoin de moi, je vais te laisser à ta recherche. J'ai encore du travail et…

— Oh ! bien sûr ! Laisse-moi préparer la chambre d'amis.

— Non, je me suis mal exprimé. Je retourne à l'aéroport. Je vais travailler pendant le vol et rentrer chez moi.

— Oh.

Elle fronça les sourcils. Face à elle, il était déjà loin, de nouveau caché derrière ses défenses. Pourquoi voulait-il partir si vite ? Il était visiblement épuisé. Comment allait-il conduire jusqu'à sa piste privée, puis travailler pendant des heures dans l'avion ? Bien sûr, passer la semaine à la distraire avait dû impacter son travail, mais…

Non, pas la peine de s'alarmer. Nick était simplement un homme très occupé, et il devait retourner à son bureau. Il l'avait embrassée à perdre haleine, avec une émotion et une intensité qui la faisait encore frémir. Il avait pris le temps de la soutenir, ici, à Mannington ; de la rassurer sur Mark Hinton. Elle ne savait pas comment définir ce qu'il y avait entre eux, pas encore, mais elle était certaine qu'un peu de distance ne signait pas leur séparation définitive.

Il ne partait pas à cause d'elle, et elle devait respecter son choix. Elle hocha la tête.

— Je ne sais pas comment te remercier pour ton aide.

— C'était un plaisir, Leni.

En quelques secondes, il était prêt à partir : planté devant sa voiture de location, dans le vent froid, alors qu'elle lui tendait une petite boîte de cookies faits maison. Secrètement, elle aurait aimé qu'il l'enlace et l'embrasse pour lui dire au revoir. Sans faux-semblants, sans plaisanteries. Mais il ne la toucha pas ; il baissa les yeux sur la boîte de biscuits avec une expression confuse, touchée. Elle sourit.

— Je t'ai vu les dévorer du regard.

Il secoua la tête avec un petit rire.

— On ne peut rien te cacher, hein ?

Il ouvrit la portière, posa la boîte sur le siège passager, et se tourna une dernière fois vers elle.

— Je ne te verrai sans doute pas avant que Danny ne reçoive les résultats ADN.

Elle hocha la tête ; dans la pénombre et le froid, leur alchimie chuchotait toujours. Nick s'attardait, lui aussi. Il n'était toujours pas monté dans la voiture… Il lui sourit, plus difficilement, puis se glissa enfin derrière le volant.

— À dans quelques jours, alors ?

Elle recula de quelques pas, avec sur les lèvres le spectre du baiser qu'ils n'avaient pas partagé. Il lui fit signe de la main, puis démarra. Elle resta un moment plantée devant la maison, frissonnante dans le vent hivernal, brûlante aussi d'émotions qu'elle ne comprenait pas. Lorsqu'il l'avait embrassée, elle avait compris que Nick avait des sentiments pour elle ; en partant ainsi, sans en faire mention, sans aucun signe de tendresse, il lui montrait qu'il n'avait aucune intention de poursuivre ces sentiments. La déception la tenailla, dure et aiguë, et stupide, et injuste. Elle ne connaissait pas Nick depuis longtemps, et elle avait des soucis bien plus importants, et pourtant…

Elle inspira profondément, déterminée à ignorer le doute insidieux qui s'était glissé en elle. Une petite voix lui chuchotait qu'elle n'en valait pas la peine. Qu'elle n'était pas à la hauteur. Que l'abandon ne s'arrêtait pas à l'âge adulte.

Elle connaissait bien ce sentiment d'infériorité, et elle savait qu'elle devait le combattre. Mais comment ?

Son père rentra à la maison le lendemain matin. On lui avait prescrit de nouveaux médicaments, et il semblait avoir repris du poil de la bête. Après être resté à ses côtés pendant les premières vingt-quatre heures, Leni retourna travailler au restaurant. Elle hériterait peut-être de sommes faramineuses, mais en attendant, ils avaient des factures à payer.

Entre le rush du midi et le rush du soir, George s'installa sur les marches de derrière pour fumer sa cigarette habituelle, et Leni se retrouva seule derrière le comptoir, comme le jour de sa rencontre avec Nick.

Il lui manquait déjà. Peut-être que la tornade de ces dernières semaines lui avait fait perdre la tête. Comment pouvait-elle être si férocement attachée à ce presque inconnu qui la tenait sans cesse à distance ? Elle avait appris à maîtriser ses émotions et ses espoirs, en famille d'accueil. Il était temps de retrouver la même discipline.

La poche de son tablier se mit à vibrer. En voyant Waters, Waters et Montgomery clignoter sur l'écran de son téléphone, elle s'assit, le cœur battant.

— Bonjour, Danny.

— Bonjour à vous, mademoiselle Leni Long… Officiellement héritière de Mark Hinton.

Elle étouffa une exclamation.

— Vraiment ? Je suis sa fille ?

— Les résultats d'analyse sont formels.

— Oh ! mon Dieu…

La vérité avait semblé si intangible, jusqu'ici. Mais soudain, la situation n'était plus hypothétique. Sa vie allait changer du tout au tout. Ses mains tremblèrent autour du combiné, dans lequel Danny parlait toujours :

— J'ai besoin que vous reveniez à New York pour la suite des événements. L'héritage ne peut pas être distribué tant que tous les héritiers ne sont pas officialisés, mais avec les résultats ADN, vous allez pouvoir accéder à l'argent qui vous est destiné, au moins.

Elle pourrait dès maintenant engager un neurochirurgien. Son pouls s'accéléra ; c'était sa priorité.

— Quand avez-vous besoin de moi ?

— Demain ? Je peux vous envoyer Nick avec le jet.

Non. Elle ne voulait pas dépendre de Nick. Elle avait

toujours eu la tête sur les épaules, n'est-ce pas ? Elle s'était adaptée à l'instabilité des familles d'accueil, elle avait excellé à l'école, elle avait payé ses études. Nick n'était pas responsable d'elle ; elle était son égale. Si une idylle finissait par fleurir entre eux, tant mieux. Mais en attendant, elle ne pouvait pas vivre sa vie en se reposant sur lui, ni en le suppliant pour des fragments d'affection.

— Je vais prendre un vol commercial. Je vais même réserver mon propre billet, Danny, railla-t-elle.

— D'accord, mais nous vous rembourserons. Prenez l'avion demain matin, vous pourrez me rejoindre au bureau à votre arrivée.

— D'accord, parfait. Merci, Danny.

— Mais de rien. Et, Leni ? Félicitations. Vous allez adorer votre nouvelle vie.

Danny raccrocha, mais ses mots restèrent avec elle. Allait-elle adorer sa nouvelle vie ? Elle était fille d'ouvrier, venue de la campagne, sur le perron d'un monde scintillant de luxe et de privilèges. Elle allait devoir se préparer, si elle voulait garder la tête hors de l'eau. Pas question de demander de l'aide à Danny, à Nick. Ils ne la connaissaient que comme la petite Leni, avec son jean usé et son père alité. Mais elle n'avait pas besoin de béquille ou de guide ; elle avait des millions de dollars à sa disposition, et elle allait pouvoir payer pour la guérison de son père. Et ensuite, peut-être… Acheter de nouveaux vêtements.

Elle ouvrit son navigateur et chercha une liste de magasins situés près de son hôtel. Elle écuma ensuite leur site Internet : chacune des boutiques proposait des modèles sublimes, et, mieux encore, des consultations privées à réserver. Leni prit rendez-vous pour l'après-midi suivant, puis poussa un soupir de soulagement.

Elle reprenait le contrôle. Une nouvelle vie l'attendait peut-être, mais elle était prête à la prendre à bras-le-corps.

11.

Leni atterrit à New York vers 11 heures du matin, et rejoignit Danny à l'heure du déjeuner. Il lui offrit trois cartes de crédit sans plafond, un carnet de chèques, et lui expliqua qu'elle risquait, à cause d'un détail langagier dans le testament, de n'obtenir qu'un quart de la fortune de son père, plutôt qu'un tiers. Une bataille légale s'annonçait, selon ce que désiraient entreprendre ses demi-frère et sœur.

Quoiqu'il arrive, cela représentait néanmoins des milliards de dollars. Elle ne comprenait même pas qu'on puisse se battre pour amasser encore *plus* d'argent ; l'une ou l'autre solution lui convenait très bien. Danny avait ri de sa réaction, puis était passé à la question de la sécurité. Une limousine avec chauffeur avait été mise à sa disposition.

C'était si étrange, mais elle voulait avancer la tête haute, sans montrer sa surprise ou sa maladresse. Il ne s'agissait pas seulement d'accepter cette nouvelle existence, mais de la contrôler. Après son rendez-vous avec Danny, elle partit directement pour Times Square, près duquel était situé le magasin de vêtements où elle avait rendez-vous.

Dans une rue adjacente, après que son nouveau chauffeur lui eut ouvert la portière, elle poussa la grande porte en verre gravé et entra dans une boutique élégante aux murs de bois sombre, au plafond orné de bronze, et aux lustres épurés.

Elle lutta pour ne pas rester bouche bée.

— Comment puis-je vous aider ? s'enquit l'hôtesse.

— J'ai rendez-vous à 2 heures.

La femme sourit et montra un escalier sombre.

— Troisième étage. Iris vous attend.

Au premier étage, elle remarqua des tenues fluides et colorées, d'inspiration bohème, qu'elle aurait portées avec plaisir. Le second proposait des pièces plus travaillées ; des tailleurs, des pantalons merveilleusement bien coupés, des pulls en cachemire et des chemisiers brillants.

Au troisième, deux femmes et un homme l'attendaient devant trois immenses psychés. La pièce était vide, à l'exception de deux chaises modernes et lustrées.

— Elenore ? s'enquit une femme d'âge mûr, vêtue d'une robe fourreau noire et d'un collier de perles.

— Iris, j'imagine ? sourit Leni.

Elle lui jeta un coup d'œil subreptice ; sa tenue était élégante et visiblement luxueuse, mais pas exactement l'image qu'elle espérait véhiculer elle-même. Iris lui fit la bise avec une familiarité chaleureuse, et pépia :

— C'est un plaisir de vous accueillir dans notre magasin !

D'accord. Personne ne savait encore qu'elle était la fille de Mark Hinton, mais prendre un rendez-vous privé chez une marque d'un tel standing lui conférait déjà un certain statut, de toute évidence.

— Vous cherchez quelque chose en particulier ? Professionnel, habillé, décontracté ?

— Les trois, oui.

Iris sourit et se tourna vers ses collègues.

— Bill, Mandy, commençons par les tenues d'hiver.

Ils disparurent dans les escaliers et Leni embrassa la pièce du regard en retenant un sourire. Elle s'était donné une mission, certes… mais il fallait avouer qu'acheter un amas de nouveaux vêtements était aussi très excitant.

Quelques minutes plus tard, les *personal shoppers* revinrent avec des cintres colorés. Elle tomba immédiatement amoureuse d'un superbe chemisier en soie, d'un pantalon en tweed terracotta, d'un pull vert et d'une paire de bottines à talons. Tout ne convenait pas à son style, bien sûr : elle mit de côté plusieurs jupes longues et chemises à jabots, des bijoux trop larges ; toutefois, alors qu'elle plongeait les mains dans les étoffes ruisselantes, l'exaltation de l'instant la frappa. Elle pouvait avoir tout ce qu'elle voulait. Rien n'était hors de portée.

Iris était restée à ses côtés et lui parlait de silhouette et de mesures. Bill et Mandy observaient ses choix pour lui proposer d'autres pièces en accord avec ses préférences ; des couleurs qui lui allaient au teint, des formes confortables taillées dans des étoffes luxueuses.

Et alors qu'elle pensait en avoir terminé, Iris la prit par l'épaule.

— Maintenant, parlons tenues de soirée.

— Oh ! je n'en ai pas besoin.

— Vous êtes à New York, ma chérie, rétorqua Iris en riant. Même un dîner dans un restaurant de luxe exige une robe de cocktail. Et si vous restez pour les vacances, vous ne vous en tirerez pas sans un ou deux bals de Noël.

Mandy arrivait déjà au pas de course avec deux robes sublimes dans les bras ; l'une en velours vert émeraude, l'autre en taffetas rouge carmin. Leni retint son souffle, le cœur battant. Bill arrivait avec d'autres options, plus courtes, quelques-unes brodées de sequins et de pierreries.

Nick et ses parents lui avaient parlé d'un gala de Noël. Si leur invitation informelle tenait toujours, elle avait bien l'intention de les éblouir. Elle essaya les robes courtes d'abord, puis la verte, en gardant la rouge, sa préférée, pour la fin. Elles étaient toutes superbes ; les tissus doux et souples caressaient sa peau comme les mains d'un amant. Autour d'elle, Bill et Mandy épinglaient la taille pour perfectionner la coupe, et Iris donnait son avis ici et là. Et dans le miroir, elle se voyait vivre un rêve éveillé.

Une fois la séance terminée, de nouveau vêtue de son vieux jean et de son pull ample, elle tendit une de ses nouvelles cartes de crédit à Iris en attendant nerveusement le verdict. Elle n'avait pas besoin de s'inquiéter, évidemment : la carte passa sans problème.

Après des adieux effusifs, elle retourna à l'hôtel et monta dans sa suite, suivie par un cortège de bagagistes en livrée.

Plantée dans le salon, au milieu de ses dizaines de sacs, elle manqua d'éclater de rire. C'était impossible. C'était *trop*.

Et puis, elle ne pouvait pas porter la moitié de ces tenues à Mannington. Les jeans, peut-être. Les bottines. Les très beaux pull-overs. Mais la plupart des vêtements ne conviendraient qu'à New York – Danny avait mentionné qu'elle pourrait faire partie du conseil d'administration des sociétés Hinton.

Elle aimait cette idée ; comprendre comment fonctionnait le commerce de son père, prendre part aux décisions, s'assurer que les employés étaient payés équitablement, qu'ils profitaient tous d'une vraie couverture sociale.

Cette fortune abracadabrante ne venait pas seule : elle avait aussi des responsabilités. Le pouvoir de changer les choses à grande échelle. Elle devrait sans doute partager sa vie entre New York et Mannington, et cela signifiait qu'il lui fallait un appartement en ville.

Elle se laissa tomber sur le canapé et inspira profondément. Elle avait besoin d'une seconde d'accalmie : s'assurer qu'elle prenait des décisions réfléchies, plutôt que de suivre ses premières impulsions. Elle demanda un thé au room service et se pelotonna contre l'accoudoir.

Morose, Nick quitta le bureau plus tôt que prévu. Leni était montée à New York pour revoir Danny, et il avait essayé de se convaincre que cela ne le concernait plus ; qu'il reprendrait le flambeau lorsque les trois héritiers seraient prévenus, et que sa firme pourrait leur proposer ses services.

Et pourtant, après ses quelques jours passés avec Leni, le silence de son appartement lui semblait assourdissant. Il lança son cartable sur le canapé.

Sur la table à manger, il aperçut sa boîte à gâteaux. Des cookies faits maison – pas les biscuits élaborés que sa mère commandait dans une grande boulangerie de Long Island ou faisait venir de Paris. Juste des cookies décorés par Denise Long, dans le fin fond du Kansas. Il traversa la pièce, ouvrit la boîte, et mordit dans un gâteau. Le sucre et le beurre fondirent sur sa langue ; il ne se souvenait pas d'avoir mangé quoi que ce soit d'aussi délicieux, d'aussi simple, d'aussi chaleureux. Quand Leni lui avait tendu la petite boîte, il avait failli succomber à la tentation. Sortir de la voiture, la prendre dans ses bras, et l'embrasser à nouveau.

Il secoua la tête et partit vers sa chambre.

Leni le hantait encore et toujours. Elle avait passé une semaine difficile. Elle venait d'apprendre qu'elle était réellement l'héritière de Mark. Elle ne connaissait personne à New York ; elle n'avait personne à qui parler… Il voulait être là pour elle. L'aider à s'acclimater, maintenant que sa vie avait été chamboulée du tout au tout. Toutefois, il ne pouvait pas vraiment l'inviter à dîner, n'est-ce pas ? Cela ressemblait de trop près à un rendez-vous romantique…

Il baissa les yeux sur le cookie qu'il tenait toujours à la main. Si plein de générosité, de sincérité. Un symbole de l'esprit de Noël qu'il avait redécouvert à Mannington. La paix, la compassion, l'entraide. Il poussa un soupir, termina le biscuit, et sortit son téléphone.

La voix surprise de Leni répondit presque aussitôt :

— Allô ! Nick ?

— Leni… Je sais que tu as dû avoir une grosse journée…

Pourquoi son cœur battait-il à cent à l'heure ? Il avait l'impression d'être retombé à l'adolescence. Il avait une myriade de questions sur les lèvres ; comment allait son père ? Qu'avait-elle pensé des particularités de la succession ? Qu'avait-elle fait aujourd'hui ? Il peina à retenir sa curiosité, à fomenter un prétexte.

— Mais je comptais aller faire du shopping et trouver un cadeau de Noël pour ma mère, mentit-il. Comme tu trouvais la boutique ringarde, je me disais que tu pourrais m'aider à trouver une option plus tendance ?

— Avec plaisir.

— Alors je t'attends devant l'hôtel dans dix minutes ? Et ensuite… Peut-être qu'on pourrait manger quelque part ?

— Ce serait parfait, Nick.

— D'accord. Alors… À tout à l'heure.

Il raccrocha, le souffle heurté et un sourire aux lèvres. Il se sentait ridiculement soulagé. Ce n'était pas un rendez-vous, pas du tout. Il voulait juste s'assurer qu'elle allait bien, et qu'elle ne se sentait pas seule à New York.

Leni raccrocha et continua de fixer le téléphone quelques secondes, sonnée. Il avait fait le premier pas ! Pas le temps de tergiverser ; elle enfila un de ses nouveaux jeans, un pull en cachemire, et un merveilleux Perfecto de cuir noir. Dans l'ascenseur, elle tenta d'apaiser son excitation : Nick avait simplement besoin d'aide pour trouver un cadeau à sa mère. Rien de très romantique, n'est-ce pas ?

Elle sortit de l'hôtel sous la neige immaculée. Nick l'attendait devant la limousine, mais elle prit le temps de lever le visage vers le ciel et de savourer les flocons glacés, les chants de Noël qui s'élevaient dans l'avenue. Les célébrations, ici, étaient bien différentes de celles de son village ; plus luxueuses, plus raffinées ; mais c'était tout de même Noël.

Elle reprit sa route vers la voiture avec un grand sourire.

— Bonsoir ! Merci de m'avoir invitée ; je commençais à me sentir un peu à l'étroit, à l'intérieur.

— De rien, dit-il en lui ouvrant la portière. Comment va ton père ?

— Beaucoup mieux. Son traitement l'a stabilisé pour l'instant. J'ai commencé à chercher des experts, mais j'ai vite compris que je ne pouvais pas me contenter de Google. Son neurologue me compile une liste.

— Que des bonnes nouvelles, alors, dit Nick en souriant.

— Exactement. Tu pensais à quoi, pour ta mère ?

— Aucune idée. Depuis que tu t'es moquée de la vitrine,

l'autre jour, je panique un peu. Si ma mère a fait semblant d'aimer mes cadeaux pendant des années, je suis un fils lamentable.

Elle rit légèrement, mais Nick baissa les yeux.

— Mon frère offrait les meilleurs cadeaux du monde.

À la mention de son frère, elle leva les yeux vers lui, et son cœur se serra. Elle lui laissa le temps de poursuivre.

— Il avait du goût et il était à l'affût des dernières tendances. Il connaissait toujours la couleur à la mode, alors que je ne savais même pas que les couleurs *pouvaient* être à la mode.

— Si cela peut t'aider, cette année, c'est rose. Et l'année prochaine, sûrement olive.

— Oh ? Tu es experte en coloris ?

— Depuis que j'ai acheté beaucoup, beaucoup de vêtements il y a trois heures, oui, dit-elle dans un sourire. Oh ! d'ailleurs, je pense qu'il me faudrait un appartement à New York. Si je veux participer aux réunions du conseil des entreprises Hinton…

Elle hésita, puis corrigea :

— Des entreprises de mon père, il me faut un logement.

Nick ne put retenir un sourire. Lorsqu'il murmura qu'il était heureux de le savoir, il ne parlait pas exclusivement de ses projets professionnels et de son déménagement : il était surtout heureux pour *elle*. Qu'elle accepte la paternité de Mark, malgré ses erreurs. Qu'elle soit plus à l'aise avec ses origines et son passé.

— Mon père avait sûrement des appartements, mais Danny m'a expliqué qu'il valait mieux ne pas utiliser ses propriétés pour le moment, si l'on veut éviter que la presse ne me saute dessus. Et après tout, j'ai des millions de dollars à ma disposition. Je n'ai pas besoin de rester à l'hôtel.

Il était fier d'elle ⊠ et il savait que Mark l'aurait été aussi. Elle était déterminée, adorable, vive et débrouillarde. Il hocha la tête avec un sourire.

— Oui, je pense que c'est une bonne idée. J'ai des contacts, si tu veux. Je peux leur passer un coup de fil et insister sur leur discrétion.

Il se tourna vers elle et s'aperçut soudain qu'elle était tout près de lui, sur la banquette. Son souffle trébucha. S'étaient-ils rapprochés spontanément ? Leurs regards s'accrochèrent, orientés par un lien magnétique, et la chaleur confortable de leur complicité s'embrasa. Il n'aurait pas dû songer à leur baiser. Comme si elle avait lu dans ses pensées, comme si elle avait fantasmé avec lui, à deux doigts de la caresse, Leni rougit soudain. Une coulée de lave déferla dans ses veines, et il lutta de toutes ses forces pour garder le contrôle de son expression. Il expira lentement, lentement, en retenant un frémissement de convoitise.

— Je…

La voix de Leni le traversa comme un éclair, électrique, faussement dégagée, légèrement trop basse.

— J'ai acheté mes vêtements dans un magasin génial, tout à l'heure. J'ai vu un haut qui plairait beaucoup à ta mère.

Elle sortit l'adresse sur son portable, et il la transféra à son chauffeur. La distraction lui avait au moins permis de reprendre ses esprits.

La voiture les déposa devant la boutique, et ils avancèrent ensemble vers les grandes portes vitrées. La neige tombait autour d'eux, silencieuse et ouatée. Dans la lumière du lampadaire, le visage de Leni resplendissait.

— Je vais prendre quelque chose à ma mère aussi.

— Je croyais que ce n'était pas un magasin ringard ?

— Et c'est vrai ! Est-ce que tu insinues que ma mère est ringarde, Nick ?

Il rit, en évitant de justesse le coup malicieux qu'elle tenta d'envoyer dans son épaule, puis entra dans le magasin. Une chanson de Noël jouait en sourdine et des guirlandes décoraient le comptoir de la caisse. Une couronne de poinsettias ornait le mur du fond.

— Leni ! Vous êtes de retour ?

— Pour des cadeaux de Noël, cette fois, s'exclama Leni avec un grand sourire. Cet après-midi, j'ai remarqué un kimono… Presque une veste, long et luxueux. Cela vous dit quelque chose ?

— Oh ! je vois tout à fait, lança une autre femme, qui descendait à leur rencontre.

— Iris ! Vous êtes encore là !

— Mais bien sûr. Et qui est votre ami ?

— Nick. Sa mère est de New York. Je pense qu'une tenue un peu originale lui irait à ravir. Elle va être fabuleuse.

Il ne savait pas exactement à quoi ressemblait un kimono, mais apparemment, c'était un choix aussi bienvenu qu'extravagant. Quand Iris leur présenta la pièce, une longue veste japonaise en soie pervenche, Leni caressa sa manche large avec révérence.

Et elle avait raison : le bleu mettrait en valeur les yeux de sa mère, mais la surprendrait par sa fantaisie. C'était exactement le genre de choses que Joe aurait choisi.

— J'aime beaucoup. C'est inattendu. J'achète toujours des choses qui ressemblent à ce qu'elle a déjà, avoua-t-il.

Leni rit en passant un bras sous le sien ; elle se blottit contre lui, et le mouvement était si naturel qu'il ne put réprimer son sourire.

— Elle va adorer. J'en suis convaincue.

Elle serra une dernière fois son bras, puis l'abandonna pour aller étudier les portants de pulls colorés pendant qu'il restait près du comptoir. Une angoisse qu'il préférait ignorer montait en lui. Il était là pour une bonne raison, il avait bien fait d'inviter Leni. Il n'avait rien à se reprocher. La regarder choisir des pulls pour sa mère lui faisait sincèrement plaisir. Il savait que Denise les trouverait magnifiques, et la joie qui éclairait le visage de Leni était inestimable. Elle était si sincèrement extatique à l'idée d'acheter des cadeaux pour leurs mères… De nouveau, un sentiment ineffable le submergea, chaud, brillant, apaisant comme un miracle.

Lorsqu'ils quittèrent le magasin, sous la neige, sous les lumières, sous les guirlandes, la révélation le frappa de plein fouet. Il avait ressenti la même chose quand il était enfant et qu'il recevait le cadeau qu'il n'avait pas osé espérer trop fort, de peur d'être déçu ; pendant ces jours scintillants où les décorations le faisaient crier de joie, où son père ne travaillait pas, où sa mère coupait une tarte beurrée avec un immense sourire. Ces soirs passés à chuchoter dans le noir avec son frère parce qu'ils étaient trop excités pour dormir.

C'était le bonheur. Si simple, si viscéral, si innocent. Et il ne voulait pas qu'il disparaisse.

Il voulait le savourer pour toujours.

Et c'était Leni qui l'avait ravivé en lui, après si longtemps…

— Que dirais-tu d'un petit dîner au pub irlandais ?

— Ce serait parfait !

Ils y arrivèrent en quelques minutes. Une chanson celtique de saison les accueillit lorsqu'il lui ouvrit la porte. Le restaurant avait été entièrement décoré, couvert de lumières clignotantes et de guirlandes végétales.

— Maintenant, c'est exactement comme chez moi, dit-elle.

Il rit et suivit la serveuse, qui les guidait jusqu'à la même table que la dernière fois ; se souvenait-elle d'eux ? Il ne dit rien en s'asseyant, mais le souvenir de leur journée à la patinoire lui arracha un sourire. La joie qui avait fait briller chaque seconde. La tiédeur de Leni lorsqu'elle s'était blottie contre lui, dans le froid de la nuit.

Il aurait peut-être dû sentir le danger, et invoquer ses dernières réserves de résistance, mais l'atmosphère était trop chaleureuse pour qu'il puisse la mettre en péril.

Il fit rire Leni au-dessus d'une portion de frites partagée, puis l'encouragea à prendre une dernière pinte.

— Aujourd'hui, ton monde a changé. Il faut fêter ça !

— Tu veux dire que j'ai dépensé plus que pendant les six derniers mois ?

— Et tu n'as même plus à t'en soucier, reprit-il en souriant.

Il demanda l'addition, tendit sa carte à la serveuse, puis Leni et lui reprirent leurs manteaux. Dans la rue, quand leur chauffeur leur fit signe, il hésita.

— Tu ne veux pas marcher ?

Elle inclina la tête de côté avec un demi-sourire, comme si

elle aussi savourait le souvenir de leur retour à l'hôtel, quelques jours auparavant.

— Avec plaisir.

Elle glissa son bras sous le sien pendant qu'il faisait signe au chauffeur de rentrer. Leurs pas laissaient des traces dans la neige, et l'air vif et froid rosissait les joues de Leni. Autour d'eux, les klaxons retentissaient, mais le tintamarre ne faisait qu'exacerber la magie de la soirée. Le monde entier semblait rire, prêt pour les célébrations de Noël.

Et aucune promenade ne lui avait jamais semblé si courte.

Ils secouèrent leurs chaussures humides sur le seuil avant d'entrer dans le lobby de l'hôtel. Sur le chemin de sa suite, les images de leur première rencontre l'assaillirent. Le déguisement d'elfe. La conversation, si légère et si vraie. La puissance de leur alchimie, dès la première seconde. Une simple réminiscence suffisait à le faire tressaillir. Il voyait encore son sourire ; il sentait encore son cœur bondir, vaciller, cavaler lorsque leurs regards s'étaient croisés.

Le désir monta en lui, aigu et suave, mais pas seulement. Avec lui, aussi, une révérence tendre, simple comme une évidence. Il n'avait jamais ressenti une chose pareille ; et le sortilège était si irrésistible qu'un fourmillement piqueta le bout de ses doigts, brûla sa langue. Il aurait tout donné pour la toucher, pour lui dire qu'il était fou d'elle, pour…

Non. C'était injuste. Elle était sur le seuil d'une nouvelle existence, d'une renaissance. Elle méritait tellement mieux que lui ; elle rencontrerait très vite un homme spécial, l'homme de ses rêves.

Et pourtant, il ne réprima pas assez vite l'instinct qui le poussa à se pencher sur elle. Il frôla ses lèvres. Juste une seconde, juste une parcelle d'elle. Il ne pouvait pas être avec elle, bien sûr ; mais le spectre d'un baiser… Cela n'engageait à rien, n'est-ce pas ?

Elle cligna des yeux.

L'intensité brûlait dans ses prunelles émeraude. Encore

une fois, le vœu d'être un homme meilleur, un homme digne d'elle, le transperça.

Mais ce n'était pas le cas. Il ne pouvait pas changer sa nature. Pas changer son passé.

Il aurait pu l'embrasser un million de fois, passer la nuit avec elle, passer le plus merveilleux des Noëls dans ses bras.

Et ensuite, quoi ?

Qu'arriverait-il quand elle découvrirait qu'il était responsable de la mort de son frère ? Que son âme était noircie par le même égoïsme qui lui avait arraché son cadet et son meilleur ami ? Il retournerait à une vie plus sombre encore, dépouillée de Leni, empoisonnée par la déception d'une femme qui ne méritait que le bonheur. Non. Il ne pouvait pas risquer une chose pareille.

12.

Le lendemain matin, Leni était en route pour le bureau de Danny quand son téléphone vibra. En voyant le nom de Nick s'afficher sur l'écran, elle sentit son cœur s'envoler. Il l'avait embrassée encore une fois la veille ; pas une étreinte fiévreuse, comme dans la cuisine de ses parents, mais un baiser murmuré, simplement pour lui souhaiter bonne nuit.

Et d'une certaine façon, c'était plus troublant encore. Doux, et tendre, et intime comme leur soirée.

— Bonjour, Nick, lança-t-elle, d'un ton faussement dégagé.

— Bonjour. Ma mère m'a rappelé que la fête prévue à l'hôpital était avancée à demain après-midi, car on prévoit des conditions météo catastrophiques vendredi. Je sais que je te préviens tard, mais elle adorerait que tu viennes.

Elle adorerait. *Pas lui.*

Elle ferma les yeux, agacée par sa propre réaction. Elle n'allait tout de même disséquer toutes ses tournures de phrases ! Ils passaient du temps ensemble. Ils apprenaient à se connaître. Que voulait-elle de plus ?

— Je peux essayer de venir. J'ai une réunion avec Danny le matin, mais je suis libre ensuite.

— Dis à ton chauffeur de t'emmener pour 13 h 30. Les célébrations commencent à 2 heures, mais si tu arrives un peu plus tôt, je pourrai te faire visiter.

Comme la veille, il prenait bien soin de ne pas venir la chercher lui-même. De marquer une limite. Ce n'était pas un rendez-vous, et il n'était pas son cavalier. Quoique, qu'est-ce qu'elle en savait ? Elle ne connaissait pas les us et coutumes des riches New Yorkais. Elle avait une limousine, après tout ; il fallait bien qu'elle l'utilise.

— À demain, alors. Elle raccrocha en secouant la tête. Elle ne voulait pas analyser le comportement de Nick à la loupe, et pourtant, tout était si… confus. Un pas en avant, deux pas en arrière.

Dans sa suite, après son rendez-vous avec Danny, elle chercha quelques informations sur le gala de charité. Il y avait des dizaines d'articles en ligne. Elle cherchait à juger du niveau de sophistication afin de choisir la bonne tenue, mais une photo datant de six ans attira son attention. Nick, plus jeune, ses parents, et un autre homme.

Joe Kourakis. Son frère.

Elle retint son souffle.

Nick avait l'air d'un… d'un mauvais garçon, il n'y avait pas d'autres mots. Le genre de gosse de riche qui s'amuse à voler des voitures et à briser le cœur des top models. Son frère avait la vingtaine, tout au plus, mais le sous-titre le présentait tout de même comme le P-DG de Kourakis Money Management. Leur mère avait le visage rejeté en arrière, capturée en plein éclat de rire… Et même leur père souriait.

Elle ferma les yeux, la gorge nouée, choquée par la métamorphose de chacun d'entre eux. Nick, transformé, brisé… *hanté* par la mort de son frère.

Elle aurait aimé lui parler de Joe, le lendemain, mais elle ne pouvait pas aborder un sujet aussi difficile en public. Et même dans d'autres circonstances, avait-elle le droit de lui demander quoi que ce soit ? Elle devait attendre que Nick se confie à elle. Attendre qu'il soit assez à l'aise avec elle.

Elle poussa un soupir et tenta de se changer les idées en regardant les tenues des invités. Quelques tailleurs-pantalons, des pulls élégants et des robes fourreaux. La mère de Nick, avec un grand sourire, dans un beau chemisier de soie.

Son cœur saignait pour Amanda Kourakis. Pour Nick. Il avait dit que sa vie avait basculé après la perte de Joe. Maintenant, elle en voyait les traces.

Le lendemain, Nick arriva dans l'aile pédiatrique à 13 heures pile. Sa mère était déjà là, occupée à diriger tout à la fois le traiteur et l'équipe de décorations pour les derniers ajustements. Il avait bien sûr engagé un photographe : son équipe de relations publiques ferait publier un communiqué de presse illustré dès le lendemain. Les enfants étaient encore dans leur chambre, pour que les décorations, les cadeaux colorés, et le buffet fragrant soient une surprise complète.

Il salua sa mère d'une étreinte.

— Nick ! Tu es en avance.

— Je ne tenais pas en place.

Obnubilé par l'image de Leni. Que porterait-elle ? Comment aurait-elle coiffé ses beaux cheveux brillants ?

— Je me suis dit qu'il valait mieux venir t'aider que de ruminer sans rien faire dans ma tour d'ivoire.

— Alors, fais le tour et dis-moi ce que tu en penses ?

— Je suis sûr que tout est parfait, dit-il en riant. Mais je veux bien jeter un coup d'œil à la nourriture…

— Tu peux regarder, mais ne touche à rien ! Je veux que le buffet soit absolument parfait !

Un sourire aux lèvres, il s'arrêta dans la grande pièce qui servait de salle de réception. Les plats et les cadeaux étaient tous superbement présentés. Finalement, il continua son chemin jusqu'au bureau de la directrice. Elle lui résuma les activités des derniers mois, leurs achats, leurs avancées, et les projets que les dons permettraient de mettre en œuvre. Il glissa sa liste de souhaits dans sa poche pour en discuter avec Leni. Désormais, elle avait assez d'argent pour devenir bienfaitrice. Il ferait bien d'aborder le sujet des donations et des investissements. Cela remettrait les choses au clair. Il n'aurait jamais dû l'embrasser, deux soirs plus tôt. Il n'aurait jamais dû laisser un baiser aussi tendre, aussi imperceptible, le troubler plus profondément encore que le premier.

Et pire encore, il s'inquiétait pour Leni. Il continuait de lui donner des impressions contradictoires, et c'était injuste de sa part. Mais aujourd'hui… Aujourd'hui, il n'aurait rien à se reprocher. Tout irait bien. Ils se comporteraient comme… Quoi ? Comme des collègues. Comme des connaissances.

À 13 h 30, il se prit à jeter des coups d'œil subreptices à l'ascenseur. Quand elle apparut enfin, à deux heures moins le quart, son cœur se mit à battre à tout rompre.

Elle était sublime.

Elle portait une robe verte qui soulignait son regard d'émeraude, une cape noire drapée sur le bras. Elle avait laissé ses cheveux lâchés dans son dos, et ses boucles flottaient autour de ses épaules comme un halo. Un employé de Jace, discret dans son costume neutre, la suivait de près. Il la rejoignit à mi-chemin, et, incapable de se retenir, saisit ses deux mains d'un geste fervent.

— Tu es magnifique, Leni.

Le cœur de Leni rata un battement. Elle aurait aimé rester de marbre, et n'être que tranquille élégance, mais comment résister lorsqu'il la regardait ainsi ?

— Il suffit d'un peu de budget, apparemment, répondit-elle en riant.

Il sourit. L'agent que Jace lui avait assigné s'éclipsa.

— Alors, qu'est-ce que vous avez prévu ? s'enquit-elle.

— D'abord, ma mère porte un toast à l'hôpital et à ses employés, puis les enfants viennent s'amuser. Ils rencontrent le Père Noël et ouvrent leurs cadeaux. Il y a aussi un buffet.

Malgré son premier contact effusif, Nick s'était maintenant écarté d'un pas, atone et professionnel. De toute évidence, le monstre de froideur qu'elle avait occis une semaine plus tôt était de retour. Elle jeta un coup d'œil autour d'elle, à la recherche d'une solution immédiate pour ramener un éclat dans le regard de Nick : mais la photo de sa famille lui revint à l'esprit. Sa mère, rieuse, son père souriant, son petit frère si élégant. Et Nick, rebelle, complètement déplacé, et pourtant aux côtés de sa famille pour soutenir le service de pédiatrie.

Elle comprit soudain. Cette œuvre caritative, cet événement annuel, c'était une tradition familiale. Et aujourd'hui, il ne restait que sa mère et Nick pour s'en préoccuper. Elle ne chercherait pas à le pousser dans ses retranchements ; elle serait là pour lui. Elle le laisserait panser ses blessures derrière ses défenses de glace.

— Super, dit-elle dans un sourire. Je te suis.

— Je peux prendre ton manteau ?

Il glissa la cape sur son bras et la déposa au vestiaire avant de reprendre son chemin vers la salle de réception. Sa mère les rejoignit, prit les mains de Leni, et embrassa sa joue.

— Merci d'être venue.

Sa gorge se noua. Maintenant qu'elle en savait plus sur Amanda, sur la perte de son enfant et sur la façon dont le deuil avait transformé sa vie et sa famille, elle aurait voulu la serrer contre elle pour toujours.

— C'est un plaisir, souffla-t-elle.

— Mon fils me dit que vous êtes une de nos clientes ?

Intelligent : Nick avait trouvé un bon prétexte pour expliquer sa présence ici, tout en cachant qu'elle était l'héritière de Mark.

— Tout à fait !

— Quelle bonne nouvelle, s'exclama Amanda en souriant.

Après quelques minutes de mondanités, Amanda s'éloigna pour prononcer son discours d'ouverture. Leni l'applaudit en chœur avec l'assemblée.

Nick lui fit signe de le suivre dans le corridor.

— Viens ! Allons regarder les petits ouvrir leurs cadeaux.

Dans la salle de jeux, les enfants faisaient la queue-leu-leu devant le Père Noël. Plusieurs d'entre eux étaient en fauteuil roulant, d'autres avaient le crâne rasé, ou s'appuyaient sur des béquilles. Comme s'il avait lu sa compassion sur son visage, Nick se pencha vers elle.

— La plupart d'entre eux pourront rentrer chez eux pour Noël, chuchota-t-il. L'un des objectifs de notre organisation, c'est de promouvoir les solutions de traitement à domicile. Ton père en faisait activement partie.

Elle rit doucement.

— Nick Kourakis, essaierais-tu de me faire sortir mon carnet de chèques ?

Il rit, librement, sincèrement. Elle ne parvint pas à détacher son regard de lui. Comment aurait-elle pu ne pas l'apprécier un peu plus chaque seconde ? Elle comprenait combien la situation devait être difficile pour lui. Il avait vécu une tragédie dont on ne se remet jamais. Il cachait sa peine sous l'indifférence ou l'humour, changeait de sujet quand elle s'approchait trop près de ses plaies. Elle ne pouvait pas apaiser sa tristesse – il voulait la garder pour lui.

Et pourtant, comment ne pas brûler de le voir aussi heureux qu'il l'avait sans doute été, six ans plus tôt ?

Le Père Noël s'installa dans son grand fauteuil rouge pour écouter la liste de Noël des petits. Elle contempla la scène avec un grand sourire, enchantée par leurs souhaits amusants, sentimentaux, extraordinaires ou magiques. Une petite fille demanda une machine à laver pour sa grand-mère et, du coin de l'œil, Leni vit Nick noter son nom dans son téléphone.

Elle lui sourit, et il lui rendit son sourire. Le frisson d'adrénaline qu'il ne manquait jamais de faire naître en elle courut sur sa nuque.

Elle devait ouvrir les yeux. Malgré ses réticences, elle ne pouvait pas s'empêcher de tomber amoureuse de lui. Son cœur était plein de lui, et elle ne pouvait plus reculer.

13.

Nick retint son souffle. Leni, pour lui dire au revoir, lui offrait son sourire le plus radieux ; et, comme au premier jour, il se sentit perdre pied, absolument ébloui.

Il s'était laissé prendre au piège ; il se martelait sans cesse qu'il ne la méritait pas, mais comment lui résister ? Comment ne pas tomber follement amoureux d'elle, quand elle était si lumineuse, si légère, si facile à aimer ? Et si réelle. Incroyablement réelle dans un monde d'argent, de pouvoir, d'apparences et de mensonges.

Peut-être… Peut-être pouvait-il savourer les sentiments qu'elle lui inspirait – en silence, dans le secret de son cœur.

Alors, il résista au besoin viscéral de l'accompagner jusqu'à l'hôtel. De l'appeler, après être rentré chez lui.

Le lendemain, malgré la tempête de neige, il se présenta au rendez-vous que Danny avait fixé pour expliquer à Leni le détail de son héritage, lister les entreprises, les propriétés, les véhicules en sa possession. Il était surpris d'être si vite convoqué en sa qualité de gestionnaire, mais Danny lui avait confié que Leni était intelligente et proactive. Il valait mieux lui donner toutes les informations dont elle avait besoin avant l'arrivée des autres héritiers.

Ce jour-là, elle portait un joli pull rose, un jean et des bottes à crampons, parfaites pour la neige. Il retint un sourire. Sons sens pratique ne manquait jamais de l'attendrir.

Néanmoins, quand Danny lui proposa de déjeuner avec eux, il prétexta une montagne de travail et reprit le chemin de son bureau. Le souvenir de Leni le tenaillait cruellement ;

il pouvait l'imaginer avec Danny, puis en ville, heureuse et animée. Elle était si adorable, elle trouverait rapidement des amis à New York. Son cœur se serra à l'idée qu'elle serait bientôt assaillie d'admirateurs. Avec sa beauté, son charme et son humour, les hommes se jetteraient à ses pieds. Et… la regarder tomber amoureuse de quelqu'un d'autre ferait partie de sa punition. Il avait joué avec le feu, il méritait son retour de flamme.

Leni passa l'après-midi à étudier les propositions immobilières que les contacts de Nick lui avaient envoyées.

Elle finit par contacter une des agentes, qui lui proposa un rendez-vous pour le surlendemain. Le dimanche après-midi, dans un café juste en face de son hôtel, elles se retrouvèrent pour parler en détail de ses besoins et de ses préférences. Elles arrêtèrent leur choix sur trois appartements et trois dates de visites. Quand l'agente la quitta, Leni, désœuvrée, manqua d'appeler Nick. Elle n'avait rien à faire aujourd'hui, il n'était que 15 heures, elle ne connaissait personne à New York… Mais Nick ne l'avait pas contactée depuis trois jours, quand elle l'avait entrevu dans le bureau de Danny.

Pouvait-elle faire le premier pas ? Elle ne voulait pas le déranger. Elle commanda un deuxième café, s'installa au comptoir, et pêcha son téléphone dans son sac. Plutôt que de composer le numéro de Nick, elle lança une nouvelle recherche sur Mark Hinton. Plus elle entendait parler de lui, et plus elle était intéressée par ses projets, par la façon dont il avait vécu. Il était extrêmement riche, mais tous s'accordaient pour dire qu'il était aussi extrêmement… solitaire. Il avait eu tout ce qu'il désirait à portée de main, à part peut-être de véritables amis. Elle avait compris, à demi-mot, qu'il ne faisait confiance à personne. Elle tomba presque immédiatement sur un site qui, de son vivant, se targuait de suivre tous ses déplacements. Les gens n'avaient-ils donc rien de mieux à faire ?

— Puis-je m'asseoir ici ?

Elle leva les yeux, surprise. Devant elle, une jeune femme brune lui souriait. Leni décala immédiatement son tabouret.

— Oh ! Bien sûr, je n'attends personne.

La jeune femme la remercia et s'installa près d'elle.

— Je m'appelle Sandy Wojack, dit-elle.

Un éclair de méfiance papillonna dans son estomac avant qu'elle ne se reprenne. Depuis quand était-elle aussi paranoïaque ? À Mannington aussi, les gens s'installaient les uns à côté des autres ; s'ils ne se connaissaient pas, ils se présentaient. Cette inconnue ne connaissait pas sa véritable identité. Elle ne lui voulait aucun mal.

Toutefois… Danny, Jace et Nick l'avaient avertie maintes fois sur les risques de son nouveau statut. Et depuis qu'elle était arrivée à New York, personne ne l'avait jamais accostée de but en blanc ; les gens, en ville, restaient anonymes.

— J'avoue que j'ai essayé d'écouter votre conversation avec votre agence immobilière, sourit Sandy en se penchant vers elle. C'est tellement difficile de trouver un bel appartement à Manhattan, pas vrai ?

Leni se raidit. Personne, à Mannington, n'aurait avoué une indiscrétion pareille. Que voulait donc cette inconnue ?

— J'espérais tomber sur une pépite en écoutant votre agente, continuait-elle, mais j'ai cru comprendre que nous n'avions pas du tout le même budget…

Les gens parlaient-ils vraiment de leur argent sans ambages, ici ? Non, c'était trop direct. Trop… déplacé. La gorge nouée, elle attrapa son sac et tendit la main vers son téléphone… Avant de réaliser qu'il n'était plus à sa place, mais juste à côté de celui de Sandy. Il avait bougé d'au moins trente centimètres.

Un éclair de panique la traversa. Pouvait-on voler ses données aussi facilement ? D'un coup de Bluetooth, sans son mot de passe ? Elle n'en savait rien ! Elle n'était pas faite pour ce genre d'intrigues, pas du tout.

— Je suis désolée, je dois absolument partir, lança-t-elle.

Elle reprit son téléphone d'un geste vif, et quitta le café. Dans la porte vitrée, son reflet lui fit l'effet d'une gifle : avec son manteau luxueux, son sac à main hors de prix, ses bottines lustrées, elle aurait tout aussi bien pu porter une pancarte autour du cou. Sa richesse était évidente.

Elle hâta le pas jusqu'à l'hôtel, s'engouffra dans sa suite et s'adossa contre la porte close, le cœur battant. Son instinct de survie était-il justifié ou complètement déplacé ? Elle ne savait pas comment évoluer dans ce monde de faux-semblants et de sourires factices ! Sur un coup de tête, elle pressa le nom de Nick dans son portable.

— Je crois que j'ai fait une bêtise, dit-elle sans préambule.

— Quoi ? Quelle bêtise ?

Elle lui relata sa rencontre avec Sandy, et, lorsqu'il jura tout bas, elle éclata soudain en sanglots.

— Je suis désolée… Je ne sais pas pourquoi je pleure, j'ai juste… C'était étrange… Intrusif.

— J'arrive tout de suite. Appelle Danny, raconte-lui ce qu'il s'est passé en détail, puis commande une bonne bouteille de whisky au room service, d'accord ?

Quand Nick toqua à la porte, elle avait eu le temps de tenir Danny au courant et de prendre une douche rapide. L'eau chaude n'avait pas effacé pas ses appréhensions, mais un peu apaisé sa panique.

— Est-ce que ça va aller, Leni ?

— Oui, et je suis désolée, je me sens idiote d'avoir paniqué. Danny est inquiet, cela dit. Il appelle ses contacts dans les médias.

— C'est son rôle, ne t'inquiète pas. Tu as faim ?

— Je suis affamée.

— Parfait, dit-il en montrant le sac de plats chinois qu'il avait apporté. Danny nous appellera s'il trouve quoi que ce soit. On pourrait manger ici et regarder un film ?

Elle hocha la tête, soulagée. Elle se sentait infiniment plus en sécurité, maintenant qu'il était là. C'était ridicule : une femme s'était juste assise près d'elle dans un café. Elle ne l'avait pas menacée. Elle avait sûrement essayé d'utiliser son téléphone, d'une façon ou d'une autre, mais…

— Je ne vais pas aller visiter les appartements.

— Tu as raison. Cette Sandy Wojack est peut-être journaliste, mais il y a plus de chance qu'elle ait vendu ses informations à un reporter.

— Je serai plus prudente la prochaine fois, soupira-t-elle.

Elle entreprit de diviser le riz cantonais dans leurs assiettes en plastique pendant que Nick lisait la liste de films à voix haute, télécommande en main. Ils optèrent pour une comédie, et mangèrent en bavardant tranquillement. Néanmoins, quelque chose la taraudait toujours.

— Tu sais, je… je crois que l'argent rend les gens un peu fous. Et mon père en a sûrement souffert.

— Leni, tout va bien se passer pour toi.

— Non. Non, je pense que…

Ses instincts ne lui avaient jamais menti. Ils l'avaient poussée vers Nick. Et aujourd'hui, ils lui soufflaient que Sandy Wojack lui voulait du mal.

Le téléphone fixe de la suite l'interrompit avant qu'elle ne puisse poursuivre. Nick lui jeta un coup d'œil, puis décrocha.

— Allô ! Oh ! bonsoir Danny, dit-il en appuyant sur le haut-parleur. Je suis avec Leni. Qu'est-ce que tu as trouvé ?

— Sandy Wojack a déjà essayé de vendre son histoire à trois magazines.

Leni grimaça.

— Comment a-t-elle compris qui était Leni ?

— Elle n'en savait rien en l'accostant. Elle était simplement à l'affût à cause de ses vêtements luxueux et du listing des appartements à plusieurs millions de dollars. Ensuite, elle a vu Leni lire des articles sur Mark Hinton sur son téléphone, et elle a pris quelques photos d'elle avant de venir la rejoindre. Ce doit être une voleuse ou une arnaqueuse professionnelle. Elle avait le logiciel nécessaire pour cloner le téléphone de Leni.

— Est-ce qu'elle a mis le grappin sur des informations confidentielles ? s'enquit Nick.

— Oui et non, dit Danny. Leni n'a pas envoyé beaucoup

de messages. Sa mère, quelques amies. Sandy a le numéro de ses parents, les nôtres, et celui de l'hôtel. Rien de plus.

— Dans ce cas, Leni ne peut pas rester ici ce soir. Elle pourrait venir chez moi ?

— Non, déclara Leni en se tournant vers lui.

Elle ne voulait pas passer la nuit chez lui. Elle ne voulait pas que son angoisse et son remords l'encouragent à faire, ou dire, quoi que ce soit qu'elle regretterait ensuite.

— Il y a des centaines d'hôtels à New York.

— Nous pourrions en choisir un plus près de mon bureau. Qu'en dis-tu, Leni ? proposa Danny.

— Ce serait parfait. Je vais aussi appeler l'agence et annuler mes visites pour demain.

— Donnez-moi dix minutes, promit Danny, et je t'aurai trouvé un hôtel si sécurisé que même Nick devra montrer patte blanche pour venir toquer à ta porte.

14.

Le scoop explosa dans les médias dès le lendemain. L'ampleur des réactions dépassait les pires angoisses de Nick. Il n'imaginait même pas ce que devait ressentir Leni. Sa photo était placardée dans tous les journaux, dont plusieurs premières pages nationales, et les magazines scandaient son nom en lettres démesurées. Un hélicoptère filmait en temps réel les portes de l'hôtel de Times Square, prises d'assaut par une horde de journalistes.

Danny avait immédiatement donné un nouveau téléphone à Leni, avec lequel elle avait prévenu sa mère. Jace, sur son conseil, s'était empressé d'envoyer deux agents pour protéger les Long. Et cet après-midi, enfermé avec Leni dans sa nouvelle suite, le cœur poignardé de la voir en détresse, une idée extravagante lui vint à l'esprit.

— Qu'est-ce que tu dirais de sortir pour dîner ? dit-il.

Elle se tourna vers lui, ses beaux yeux verts écarquillés.

— Tu plaisantes ? Sortir ? Aujourd'hui ?

— Tu peux porter des lunettes de soleil.

— Dans un restaurant ?

— Dans le restaurant, personne ne saura qui tu es.

— Ah. Un restaurant sur Mars, alors ?

— Un restaurant à Paris.

Elle resta bouche bée.

— À… Paris ?

Il lui sourit, espiègle, enjôleur.

— Quoi ? Ce serait plus amusant que de rester enfermés ici, non ? Partir à l'aventure…

Elle n'hésita qu'une seconde, puis se redressa.

— D'accord. De quoi ai-je besoin ?

— Juste de quelques affaires de nuit.

Leni passa dans la chambre et, pendant qu'elle se préparait, il commanda des sandwichs et appela son pilote. Ils dévorèrent leur pique-nique pendant que son équipage préparait son jet. Avant qu'ils ne quittent l'hôtel, elle se changea dans sa chambre. Lorsqu'elle revint, elle portait sa vieille veste, un col roulé, et un jean élimé.

Pendant le trajet qui les menait à la piste privée, elle ne dit presque rien. La tristesse qu'il devinait sur son visage lui brisait le cœur. Une fois arrivée, elle jeta un œil curieux aux deux agents qui leur avait emboîté le pas.

— C'est si étrange…

Nick retira sa parka et la posa dans un fauteuil.

— La situation va vite se calmer. Et tu trouveras des endroits où personne ne s'intéresse à ton identité. Au fin fond de la campagne, peut-être.

Elle rit en s'asseyant.

— Ils me laisseront tranquille à Mannington.

— Vraiment ? Personne n'essaierait de te demander de l'argent ou de menacer tes futurs enfants ?

— Non, je ne crois pas, répondit-elle, et il sourit de sa naïveté. J'aime les gens de là-bas, je leur fais confiance. Ils me connaissent depuis que je suis petite. Et j'ai réfléchi à la façon d'utiliser mon argent, tu sais ? Je ne peux pas vraiment devenir assistante sociale dans ces conditions, mais j'aimerais quand même poursuivre ma vocation. J'ai demandé plus d'informations à Danny sur les entreprises de mon père et ce que faire partie de leur conseil impliquerait… Mais je ne crois pas que ce soit une bonne idée pour moi, finalement. Je ne veux pas être la figure de proue d'une société multimilliardaire.

— Alors… quoi ?

— J'ai décidé que je voulais m'occuper de mon village.

— Et comment s'occupe-t-on d'un village ? demanda-t-il en souriant.

— Investir dans ses commerces ? Les aider à se moderniser, les remettre à neuf ? Ce genre de choses. Et puis, trouver le moyen de créer de nouveaux emplois.

— Pour que les gens n'aient pas besoin de déménager à Topeka pour avoir un travail ?

— Exactement.

Il réfléchit à son idée, qui, à cette échelle, ne serait qu'un grain de sable dans la fortune Hinton.

— C'est intéressant…

— J'y arriverai, ne t'inquiète pas.

Sa détermination lui arracha un nouveau sourire, et fit fleurir un soulagement attendri dans sa poitrine. Elle reprenait déjà du poil de la bête. Et quand Leni mettait le pied à l'étrier, rien ne pouvait l'arrêter.

— D'accord. Mais puis-je faire quelques suggestions ?

Elle haussa un sourcil surpris.

— Bien sûr. Tu peux être mon fidèle second, si tu veux.

— C'est trop d'honneur, mademoiselle Long. Dans ce cas, je te conseille d'investir dans ton poste de police, ta station de pompiers, et peut-être de monter une clinique – avec assez d'employés pour qu'elle soit ouverte seize heures par jour.

— Bonne idée. Cela développerait tout un secteur.

— Et cela assurera la sécurité et l'épanouissement de la ville. D'ailleurs, comment va ton père ?

— Toujours stable. J'ai trouvé trois experts renommés. Il a rendez-vous avec eux dans les semaines qui viennent. Je préfère qu'il ait plusieurs opinions et qu'il puisse choisir le chirurgien qu'il préfère.

Ils revinrent ensuite aux initiatives nécessaires pour rendre Mannington plus sécurisé, plus propre, plus agréable à vivre, mais l'épuisement de Leni finit par la rattraper. Elle s'endormit bientôt, pelotonnée dans le large fauteuil, et son expression paisible le poignarda douloureusement. Il aurait aimé rester auprès d'elle. Se réveiller à ses côtés et contempler son visage si serein…

Mais la question ne se posait pas.

Elle avait un vrai projet, maintenant. Un projet qui l'enthousiasmait et la rassurait. Elle se sentait bien à Mannington, et elle voulait y retourner autant que possible. Vivre parmi les gens qu'elle aimait. Il n'y avait pas sa place.

Cependant, lorsqu'il s'autorisait à rêver d'une vie avec elle, un bonheur ineffable courait dans ses veines. Il pouvait imaginer la joie de rire avec elle tous les jours, et celle d'être aimé par une femme comme elle, et…

Revenir à la réalité était plus douloureux encore. Il n'était peut-être pas heureux avant de la rencontrer, mais il avait des objectifs professionnels. Les heures passaient placidement. Maintenant, sa vie lui semblait vide et terne. Mais peu importait ; il ne méritait pas mieux, après tout.

Il fit signe à Marie, l'hôtesse.

— Pourrions-nous avoir une couverture ?

Elle hocha la tête, disparut, et revint à pas vifs avec un large plaid immaculé. Il le plaça sur Leni, puis étouffa un bâillement, et se laissa sombrer à son tour.

Il émergea trois heures plus tard, mais Leni dormit jusqu'à l'atterrissage. Il l'aida à enfiler son manteau en regardant l'asphalte glacé à travers le hublot.

— J'ai bien peur qu'il fasse aussi très froid en France…

— Je savais que nous n'allions pas à la plage, Nick.

— Si tu voulais, nous pourrions ajouter quelques jours à notre escapade et aller nous prélasser en maillot de bain sur une île tropicale.

— Bien sûr…, dit-elle dans un rire.

— C'est vrai ! C'est ta vie, maintenant. Tu peux faire ce dont tu as envie, quand tu en as… Oh ! non. Il savait ce qu'il était en train de faire ; la mélancolie et le manque lui faisaient dire ce qu'il ne voulait pas dire. L'emmener. Juste une parenthèse. Au bout du monde, seuls, où les angoisses de Leni et les ombres de son propre passé n'auraient plus d'importance.

— Quand tu en as envie, conclut-il, la gorge nouée.

Elle le regardait, avec ce regard trop perceptif qu'il avait appris à aimer et à craindre. Et il ne contrôlait plus les mots qui brûlaient sa langue.

— Je suis sérieux. Tu pourrais même *vivre* sur une île.

— Je sais. Mais je n'ai rien à fuir, Nick.

Sa réponse le frappa de plein fouet. Bien sûr. Il était égoïste. Il la voulait, terriblement. Il voulait être avec elle, mais ne pas être lui-même. Il voulait se cacher et partir et oublier tout ce qu'il laisserait derrière lui.

Mais Leni n'était pas lâche, elle.

Ils débouchèrent dans la nuit froide et sombre, et Leni rit doucement à ses côtés.

— Je crois que nous avons oublié le décalage horaire…

Nick grimaça. Il avait mal calculé son idée de génie.

— Effectivement, il est un peu trop tard pour dîner. Mais dans quelques heures, nous pourrons petit déjeuner ! Du café noir, intense, et des pâtisseries françaises…

— C'est parfait, ne t'inquiète pas.

— Sauf que nous devons repartir dans l'après-midi. Nous avons le gala de charité après-demain, tu te souviens ?

— Bien sûr ! Ta mère voulait que je vienne.

— *Je* voudrais que tu viennes.

Elle lui offrit son sourire le plus lumineux – intime et adorable et juste pour lui.

— Alors je dois *absolument* y aller.

Ils traversèrent la campagne française, paisible et silencieuse dans le creux de la nuit, puis, alors qu'ils entraient enfin dans Paris, Leni aperçut les lumières de la tour Eiffel. Soudain, la réalité de la situation la fit frémir d'excitation. Elle était en France ! Elle pouvait vraiment aller là où elle le désirait, quand elle le désirait.

Comme il était tard, et que tout était fermé, Nick l'emmena dans un magnifique hôtel. À sa grande surprise, la concierge ne lui donna qu'une clé magnétique ; il avait réservé une seule suite plutôt que deux chambres.

— Je sais que nous ne risquons rien ici, dit-il en se tournant vers elle, mais je préfère que tu restes tout près quand même.

Elle hocha la tête, la gorge nouée d'émotion. Les circonstances avaient exacerbé les instincts protecteurs de Nick, c'était évident. Lui avaient-elles aussi révélé qu'il tenait à elle ? S'ils partageaient une suite… Partageraient-ils une chambre ? Un lit ?

Non, bien sûr que non. Il était trop tôt pour eux. Elle voulait plus de baisers, plus de tendresse. Elle voulait qu'il la courtise réellement. Pas malgré lui, pas parce qu'il avait peur, pas parce que le temps était compté.

— Tu peux choisir ta chambre, déclara-t-il en montrant deux portes adjacentes.

Le soulagement et la déception luttèrent en elle : elle n'aurait pas de décision difficile à prendre, mais il n'avait pas songé à passer la nuit avec elle.

Il était galant. Ou alors, il ne l'appréciait pas comme elle l'appréciait. Comme elle l'aimait.

Elle secoua la tête. Elle tournait en rond. Tant que Nick et elle n'auraient pas mis cartes sur table, elle continuerait de se torturer avec des questions sans réponse. Elle était épuisée.

Elle lui sourit une dernière fois, puis se glissa dans sa chambre et se laissa tomber sur l'immense lit couvert de coussins immaculés. Cette situation allait la rendre folle.

Nick tint sa promesse : au matin, malgré le froid, ils s'installèrent en terrasse, sous les radiateurs extérieurs, avec une couverture sur les genoux, et burent des expressos noirs et riches accompagnés de choux à la crème, de croissants, de madeleines, de macarons. Puis, ils marchèrent jusqu'à la tour Eiffel, le long de la Seine… et vers midi, reprirent la voiture pour la piste privée.

Mais leur aventure éclair lui avait fait du bien. Elle se sentait mieux, plus sûre d'elle, plus *elle-même*. Arrivée à New York, vêtue d'un de ses nouveaux pulls si doux et de sa vieille veste en cuir, elle avait l'air d'une touriste comme les autres. Ses gardes du corps marchaient à quelques mètres d'elle, à l'avant et à l'arrière, et elle prenait garde à ne pas les regarder. Ils n'attiraient pas l'attention, elle non plus. Elle rentra dans son hôtel incognito, referma la porte de sa suite derrière elle, et ferma les yeux.

Elle n'avait pas eu peur à Paris, et pour l'amour du ciel, elle refusait de vivre dans la peur ici. Se déguiser, prier pour ne pas être remarquée, jeter des regards furtifs autour d'elle, rester sagement dans un cercle d'agents de sécurité… Ce n'était pas elle.

Elle était plus forte, plus volontaire que tout cela. Elle n'allait pas laisser la curiosité et la cupidité d'une poignée d'inconnus gâcher sa vie.

Nick ne retourna pas voir Leni le lendemain. Lorsqu'il était avec elle, la tentation de succomber était trop intense ; il ne faisait plus confiance à sa maîtrise de lui-même.

C'était son plus dangereux talent – persuader les gens qu'il aimait de le suivre, quelles qu'en soient les conséquences. Il avait convaincu son petit frère de sortir, ce soir-là, malgré sa réticence. S'il n'avait pas insisté, s'il n'avait pas été aussi imprudent, Joe serait encore en vie.

Le vendredi, il arriva au gala assez tôt pour épauler sa mère. Tout était parfaitement organisé, il s'en était assuré. À l'heure dite, il se plaça avec ses parents à l'entrée de la salle de réception pour accueillir les invités de façon informelle. Il avait presque réussi à se convaincre qu'il n'attendait pas follement Leni, lorsqu'elle apparut à l'entrée ; son sang rugit dans ses veines.

Chaque fois qu'elle faisait son apparition, elle lui coupait le souffle, mais ce soir, il n'était pas sûr de jamais pouvoir retrouver sa respiration. Sa robe carmin moulait sa poitrine et suivait la ligne de sa taille fine avant de s'évaser en jupons aériens et scintillants. Elle devait porter de hauts talons, car elle était plus grande que d'habitude. Il se souvint de la première fois qu'il l'avait vue en talons ; il avait songé qu'elle était juste assez grande pour un baiser. Son cœur se serra douloureusement.

Il n'avait jamais rencontré une femme comme Leni, si amusante, si insouciante. Mais ce soir, elle avait l'air tout droit sortie d'un conte de fées. Royale, la tête haute, le sourire franc et brillant. Son visage était d'une beauté indescriptible.

Lorsqu'elle lui sourit, un sourire précieux destiné à lui seul, il aurait presque remercié le ciel pour le privilège de son attention. Et une réalisation le foudroya.

C'était leur dernière soirée ensemble avant des semaines. Elle repartirait à Mannington pour Noël, et elle ne reviendrait que par nécessité. Il souffrirait en silence pendant les fêtes de fin d'année, dans la maison silencieuse de ses parents, leurs trois esprits focalisés sur l'absence assourdissante de Joe. Il sentirait le poids de leur deuil, de leur rancœur, de leur accusation. Puis il repartirait travailler et tenterait à tout prix de ne parler à personne.

Et si Leni revenait… Leurs chemins ne feraient que se croiser, dans des sphères professionnelles où ils ne pourraient pas être eux-mêmes.

Leni atteignit enfin l'avant de la file. Sa mère, puis son père l'enlacèrent – probablement parce qu'ils savaient, maintenant, qu'elle était l'héritière de Mark Hinton.

Elle se tourna vers lui, et il croisa son regard, la gorge nouée. C'était leur dernière nuit ensemble, dans la magie de Noël, attachés qu'ils l'étaient par le lien invisible qui les avait tourmentés et captivés pendant des semaines.

Il ne savait pas comment leur relation se terminerait, mais il savait, brusquement, qu'il ne pouvait laisser cette opportunité lui glisser entre les doigts.

Ses paupières avaient été fardées d'un vert transparent et chatoyant, si diaphane qu'il semblait féerique. Ses cheveux étaient à demi-relevés et se déversaient sur ses épaules. Sa robe étincelait comme un bijou sur sa peau soyeuse et ses courbes irrésistibles. Il prit ses deux mains avec dévotion.

— Leni… Tu es magnifique.

— Merci. Tu n'es pas mal non plus.

Il baissa les yeux sur son smoking et rit.

— J'ai la vie facile. Pas de dilemme sur les couleurs.

— Tu as de la chance, car tu es très, très beau en noir.

Si beau que son pouls s'était accéléré dès qu'elle l'avait aperçu, en poussant les portes de l'hôtel. Mon Dieu. Comment pouvait-il être aussi sexy ? Si grand, avec ses cheveux sombres et brillants, et cette posture fière – il était né pour porter des smokings.

Il lui présenta son bras puis la guida vers la salle de bal.

— Champagne ?

— Et tes devoirs d'hôte ? demanda-t-elle en souriant.

— Oh ! je crois que j'ai terminé, lança-t-il avec un clin d'œil.

Parce qu'il avait envie de passer du temps avec elle ? Peut-être, mais elle ne laisserait pas son cœur souffrant s'emballer pour si peu. Elle décelait un univers de désir et de tendresse dans ses yeux bruns, mais depuis des jours, il la traitait comme une simple amie. Alors, elle lui sourit comme à un ami, elle aussi.

— Dans ce cas… Champagne !

La salle de bal était déjà pleine d'inconnus en tenues de soirée. Les tables nappées de blanc étaient fleuries de poinsettias, et des lumières rouges et vertes soulignaient les moulures au plafond. Un quatuor à cordes jouait une mélodie de saison dans le coin opposé.

Nick attrapa deux coupes de champagne sur le plateau d'un serveur et lui tendit la sienne.

— Joyeux Noël, Leni.

Leurs coupes cliquetèrent l'une contre l'autre, et elle prit une gorgée du champagne le plus succulent qu'elle avait jamais goûté. Elle ferma les yeux avec un soupir d'extase.

— Tellement bon…

— Tu fermes toujours les yeux pour savourer. C'est adorable.

Elle rouvrit les paupières, surprise par sa sincérité. À cet instant-là, il ne la contemplait pas comme une amie. Son regard était doux, chaleureux, et sa voix grave s'était teintée de velours. Peut-être lui avait-elle manqué ? Peut-être avait-il enfin décidé de ne plus la tenir à distance ?

Il la présenta à quelques connaissances et quelques associés, tous extrêmement curieux mais trop polis pour poser leurs questions. Elle bavarda gaiement avec eux, en les encourageant à parler de leur travail, de leur famille, et ils répondirent tous avec enthousiasme.

Quand Nick l'entraîna vers un autre groupe, il laissa échapper un rire amusé.

— Tu es très douée, tu sais ?

Elle pencha la tête de côté, étonnée.

— Douée ? Je ne fais rien de spécial. Je veux rester moi-même. Je ne veux pas laisser les paparazzis me gâcher la vie.

— Tout va bien alors ? Tu en es sûre ?

— J'en suis sûre.

— Je savais que tu ne perdrais pas la bataille, dit-il en souriant.

Il avait raison ; elle ne baissait jamais les bras. Elle se battrait pour lui aussi. Et il le savait, n'est-ce pas ?

À l'heure du dîner, il l'invita à la table de sa famille. Comme elle avait regardé des vidéos d'étiquette en ligne ces derniers jours, elle s'assit avec une grâce tout récemment apprise lorsque Nick tira sa chaise. Elle avait l'impression d'être Cendrillon. Elle avait passé la soirée au bras du Prince, et il était fier d'elle. Il l'avait présentée à ses fréquentations, il l'avait invitée à sa table, il l'avait fait entrer dans son cercle. C'était enivrant et exaltant : il lui montrait qu'elle appartenait à son monde.

Après le dîner et les discours, une musique plus entraînante s'éleva. Un ami de Nick l'invita ; elle dansa avec trois autres hommes avant que Nick ne vienne à sa rescousse et l'entraîne à son tour.

La soirée s'écoula dans un tourbillon de rires et de champagne et de musique. Elle pouffait avec délice, légèrement ivre, quand Nick et elle sortirent dans la nuit piquetée de neige.

Nick s'arrêta devant sa limousine, le regard brillant.

— Merci, Leni. C'était génial. D'habitude, je m'ennuie à mourir, mais avec toi…

Le champagne qui pétillait dans son âme lui insuffla le courage de poser ses mains contre sa poitrine solide, sur la soie lisse de sa chemise blanche.

— Nick… Je pense que nous nous connaissons assez pour rentrer avec la même voiture, tu ne crois pas ?

— Très bonne idée. Bien plus pratique, souffla-t-il.

Son cœur rata un battement. Il avait bel et bien baissé les armes. Il voulait rentrer avec elle. Ils se glissèrent dans la limousine. La portière claqua, et une bulle privée, sombre et silencieuse, les enveloppa. Ils se turent pendant que le chauffeur accélérait sur l'avenue, puis se garait devant son hôtel. Nick lui tendit la main pour l'aider à sortir, et ne la lâcha pas jusqu'à sa suite.

Une fois à l'intérieur, il l'attira à lui et prit son visage entre ses paumes. Dans la pénombre, ils s'observèrent un long moment, avides, frémissants dans l'intensité de leur silence partagé. Il s'abaissa vers elle, et elle garda les yeux ouverts jusqu'à la dernière seconde, jusqu'à ce que sa bouche chaude capture la sienne. Elle voulait tout voir, chaque émotion sur son beau visage. Cette fois, elle savourerait sans fermer les yeux : elle voulait chérir chaque détail de leur première nuit ensemble.

15.

Soudainement, incroyablement, absolument, le monde n'était plus que perfection. Nick avait trouvé sa place. Et quand ses lèvres trouvèrent celles de Leni, son apaisement n'avait d'égal que le plaisir pur qui éveilla ses veines. Elle avait le goût du champagne et du bonheur. Elle était tout ce qu'il voulait, tout ce qu'il avait toujours voulu, tout ce dont il voulait se souvenir.

Un dernier instant volé avant qu'il ne s'en aille. Bien sûr, il ne passerait pas la nuit ici, malgré le baiser luxuriant et irrésistible qui faisait gronder en lui un ressac de foudre et de feu ; malgré le rythme fou de son cœur, l'extase de son âme.

Il s'arrêterait à temps.

Il déboutonna la petite veste en soie rouge, et sa paume rencontre l'étoffe fine de sa robe. Si proche, toute proche, la chair de Leni brûlait pour lui. Mais il ne voulait pas lui faire de mal. Il ne voulait pas entrer dans son monde, laisser une trace dans sa vie. Il ne voulait qu'une seconde, qu'un soupçon d'elle.

Alors, il l'embrassa, encore et encore. Sa bouche était tendre et avide sous la sienne. Quelque chose de brûlant et de magique rageait entre eux – ce même frisson qui les avait liés depuis le premier jour. Dès que leurs yeux s'étaient trouvés.

Une voix, au fond de lui, lui soufflait la vérité. Il avait trouvé l'amour. L'amour vrai et sincère. L'épanouissement de son existence. Une seconde chance.

Mais il ne méritait pas de seconde chance, et Leni, elle, méritait bien mieux que lui.

Il fit glisser sa main le long de son bustier, tremblant de tentation refusée. Il ne cherchait pas une rédemption qu'il ne saurait saisir ; mais Leni, et son sourire, et leur complicité lui avait fait miroiter un rêve inestimable. Un nouveau départ. Unique. Extraordinaire. La vie avec Leni était une porte ouverte. Il ne désirerait jamais personne d'autre ; il ne voudrait jamais rien d'autre qu'elle.

Mais il ne pouvait pas abandonner ses responsabilités, ni les dettes qu'il devrait payer pour le restant de ses jours. Et il n'allait certainement pas infliger à Leni cette vie sans saveur.

Seul un monstre oserait enfermer une femme comme elle dans son enfer personnel.

À contrecœur, avec un désespoir lancinant, il recula.

— Je devrais y aller.

— Tu ne veux pas rester ?

Sa voix était douce, innocente. La convoitise pulsait en lui, et ses défenses brûlaient de tomber à ses pieds, enfin anéanties. Il fit un nouveau pas en arrière. Il ne pouvait pas lui expliquer sa décision. Il ne voulait pas voir la déception et le dégoût sur son visage.

— Il est tard. La journée a été longue.

Elle promena ses doigts sur les boutons de sa chemise.

— Hé, je peux prendre les choses en main, si tu es fatigué, susurra-t-elle avec un demi-sourire.

Il ne put retenir un éclat de rire, mais posa la main sur la sienne. Leni lui faisait si facilement oublier qui il était. Oublier qu'il devait la laisser partir.

— Quelle impertinence, Leni…

— Je crois que c'est pour cela que tu m'aimes bien.

— Je crois que tu as raison.

Il embrassa une nouvelle fois ses lèvres, puis se détourna. Il lui sourit – il ne voulait pas qu'elle s'inquiète d'avoir fait un faux pas. Mais, lorsqu'il ouvrit la porte de la suite, il se jura qu'il ne la reverrait plus jamais hors de son bureau.

Il avait eu son dernier soir, et le rêve touchait à sa fin.

Le lendemain, Leni s'éveilla dans le cocon d'un bonheur absolu. Elle bâilla et s'étira avec langueur, un sourire aux lèvres. Les événements de la veille flottaient dans son esprit comme un rêve doré. Nick lui avait montré et avoué qu'il avait des sentiments pour elle ! Elle bondit hors du lit, commanda du café et des tartines, puis appela le concierge.

— Bonjour ! J'aurais besoin de savoir où trouver un petit arbre de Noël et des décorations.

Il lui donna le numéro d'un parc à arbres et l'adresse d'un magasin à deux pas de là. L'arbre pouvait être livré où elle le désirait, mais elle préférait se déplacer pour choisir les boules et les guirlandes.

Après avoir pris sa douche, elle contacta Jace pour lui demander l'adresse de Nick. Quand elle lui confia son idée, il sembla hésitant, mais l'assura que son chauffeur saurait où l'emmener. Deux heures plus tard, avec un petit sapin dans le coffre de la limousine, deux sacs de décorations de Noël et le cœur débordant de joie, elle vit apparaître un immense building de verre et d'acier par la fenêtre de la portière.

Elle et son garde du corps entrèrent dans le lobby sous les yeux surpris d'un gardien en livrée.

— Bonjour ! Je suis là pour M. Kourakis !

— M. Kourakis ? s'étonna l'homme, plus abasourdi encore. Je… Oui, laissez-moi juste l'appeler.

Il décrocha l'Interphone, annonça son arrivée, grimaça légèrement… Et finit par hocher la tête.

— Il est sur le point de partir, mais il va vous recevoir.

C'était un peu étrange, mais Nick avait toujours été un homme difficile à interpréter. Il serait heureux de la voir, c'était certain. Et il avait besoin d'un sapin de Noël.

Nick attendit Leni près de l'ascenseur qui débouchait dans son entrée. Quand il la vit en sortir avec deux énormes sacs en plastique et un garde du corps transformé en porteur de sapin, il manqua de rire

Mais il ne voulait pas rire ! De toute évidence, son comportement de la veille avait induit Leni en erreur, et il allait devoir corriger la situation.

Elle posa les sacs dans son salon et retira son manteau.

— J'étais *sûre* que ton appartement ne faisait pas honneur à l'esprit de Noël.

Le garde du corps posa le petit sapin près de la fenêtre avant de retourner se poster dans l'entrée. Nick croisa les bras et haussa un sourcil.

— Comment savais-tu que je n'avais pas de sapin ?

Elle rit et se hissa sur la pointe des pieds pour frôler ses lèvres d'un baiser.

— Pas très difficile à deviner…

Sous la tendresse de son baiser, une douceur tiède se répandit en lui. Il brûlait de prendre son visage entre ses mains et de la savourer jusqu'à perdre haleine. Un étau glacé se referma sur son cœur. Quitter Leni, la veille, l'avait déjà fait souffrir le martyre… Et il allait devoir recommencer.

C'était terminé. Elle devait le comprendre. Ils devaient se séparer tant qu'il en était encore temps.

— Écoute, Leni, il faut que je te dise quelque chose.

Elle avait commencé à déballer les décorations.

— Parle pendant que je décore, dit-elle en souriant.

Elle était si adorable, si parfaite, colorée et vive dans son appartement sans âme. Et alors qu'elle accrochait des boules colorées aux petites branches de l'arbre, le souvenir d'années meilleures lui revint. La joie de Noël, et les rires qu'il avait partagés avec son frère, et…

Il ne voulait pas la blesser. Il ne voulait pas briser cet instant. Et pourtant, il la rejoignit, prit sa main dans la sienne, et l'entraîna vers le canapé.

Elle s'assit, et il s'installa sur une chaise en face d'elle, les coudes sur ses genoux, la gorge nouée. Il allait devoir lui avouer la vérité. Lui expliquer pourquoi leur futur n'était qu'un fantasme.

— Écoute, Leni. Je ne suis pas l'homme que tu penses connaître. Je ne suis pas amusant, pas gentil, pas généreux.

— Nick…

— Non. S'il te plaît. La vision que tu as de moi est

complètement erronée. Et si je joue le jeu avec toi, je vais te faire du mal.

— Je pense que tu te trompes.

Il se pencha en avant, les yeux dans les siens.

— Tu sais que mon frère est mort. Ce que tu ne sais pas, c'est que c'était ma faute. C'était il y a cinq ans, et ma famille n'a pas recommencé à vivre depuis, mais ma mère, mon père et moi savons tous les trois qu'il est mort à cause de moi. J'étais à la maison pour les vacances, et je m'ennuyais à mourir. La tempête de neige faisait rage depuis des heures, mais j'ai convaincu Joe de sortir avec moi.

Il inspira et passa une main lasse sur son visage.

— Je peux revoir chaque instant de cette soirée sans peine. Il a insisté pour rester, il savait que ce n'était pas prudent. Et je répétais que j'étais un soldat, que j'avais fait des choses incroyables, qu'un peu de givre ne me faisait pas peur. Mes parents s'en sont mêlés ; nous nous sommes disputés. Ils m'ont interdit de sortir, mais j'étais têtu et je n'en ai fait qu'à ma tête. Dehors, la météo avait encore empiré. Je n'avais jamais vu des routes aussi glissantes. La visibilité était atroce. Mais j'avais décidé que j'avais quelque chose à prouver, et je n'avais pas l'intention de me laisser décourager pour si peu.

Ses mains tremblaient, maintenant. Un goût amer avait empli sa bouche, sa gorge, et il ferma les yeux.

— Il y avait quelques voitures sur la route et elles patinaient toutes sur l'asphalte. Mais je m'en sortais bien. Jusqu'à ce que je perde le contrôle du véhicule. Je ne sais même pas combien de voitures j'ai touchées, ou combien de voitures ont embouti la nôtre. J'ai perdu connaissance quand ma tête a frappé le volant, je pense. Quand je me suis réveillé, les ambulanciers criaient autour de Joe. J'ai baissé les yeux sur lui et il était si… immobile. Si silencieux…

Il s'interrompit. Il ne parvenait plus à réguler son souffle. Le souvenir l'avait submergé comme une vague glacée. Les lumières de l'ambulance, les directives des pompiers, les mouvements syncopés de l'équipe médicale. La peur brûlante que son frère puisse être…

— Tu… penses que tu as tué ton frère ? murmura Leni.

— Je *sais* que j'ai tué mon frère, rétorqua-t-il sèchement. Ce n'est pas moi qui ai provoqué l'accident, mais j'ai insisté pour sortir ce soir-là. Joe était contre. Mon père s'est énervé. Et j'étais un sale gosse arrogant. Maintenant, mes parents ne voient en moi que l'homme qui a tué leur fils. Je ne peux rien faire d'autre que de soutenir leur regard et essayer de leur donner ce que Joe leur aurait donné mieux que moi.

Il déglutit et se détourna, incapable de soutenir son regard.

— J'ai perdu une partie de mon âme en perdant mon frère. Ma famille ne s'en remettra jamais. Nous ne pouvons même pas maudire le hasard ou la malchance. Il ne reste que le souvenir de mon égoïsme. Tu es quelqu'un de bien, Leni, et je ne veux pas que tu vives dans ce monde-là. Il n'y a que la rancœur et le remords, avec moi. Tu es trop bien pour ça, et trop bien pour moi.

— Nick…

Il se redressa brusquement.

— Non ! Tu ne comprends pas. Cinq ans ont passé, et rien n'a changé. Joe était le meilleur de nous deux. Le meilleur fils, le meilleur homme. Il avait endossé les responsabilités de l'entreprise familiale pendant que je volais de pays en pays pour mon amusement personnel. C'est lui qui s'occupait des cadeaux de Noël, qui emmenait mes parents bruncher tous les mois. J'ai essayé de le remplacer, en vain. Je ne pourrai jamais effacer le prix de ma vanité. Et je ne pourrai jamais me délivrer de mon remords, de ma souffrance. Tout le monde plaint mes parents, et ils ont raison. Mais ils oublient que j'ai perdu mon frère, moi aussi.

— Oh ! Nick…

Elle s'agenouilla devant lui, mais il la repoussa doucement et se leva.

— Cette vie-là n'est pas pour toi. Et de toute façon… Je ne crois pas avoir l'énergie d'être l'homme que tu mérites.

Leni hocha la tête, l'esprit en ébullition, les mains tremblantes. Elle avait toujours su que quelque chose n'allait pas, elle avait vite compris que son frère avait laissé un gouffre derrière lui, mais elle n'avait jamais voulu voir les signes concrets de sa souffrance. Elle avait poussé, insisté, elle s'était persuadée que leur complicité vaincrait n'importe quel obstacle. Mais aujourd'hui…

Il y avait une résignation douloureuse dans la voix de Nick. Il était convaincu d'avoir tué son frère. Il était meurtri, brisé. Dès le début, il avait essayé de le lui faire comprendre. Il l'avait repoussée, évitée, mais elle ne l'avait pas écouté.

Elle avait été stupide et égocentrique. Ou naïve. Ou idéaliste. Elle avait passé sa vie à croire au pouvoir invincible de l'amour, au bonheur, à un monde facile où tous ses rêves pouvaient devenir réalité.

Et elle avait toujours été déçue.

Pourtant, elle savait combien il était douloureux de voir un espoir se briser, un parent disparaître. Elle savait, aussi, que certaines plaies ne se refermaient pas, et que même l'amour ne pouvait pas les effacer.

Elle attrapa son manteau et baissa les yeux sur le petit arbre de Noël. Elle était venue ce matin avec tant de bonnes intentions, mais elle n'avait fait que remuer de terribles souvenirs.

Les Long l'avaient sauvée de sa propre tragédie, mais tout le monde n'avait pas cette chance. Tout le monde ne trouvait pas l'issue de son deuil. Et elle n'avait pas le droit d'intervenir, pas quand sa présence faisait souffrir Nick. Malgré son optimisme, malgré le désir irrépressible de lui venir en aide… Elle ne ferait qu'empirer sa situation.

Une souffrance lancinante, aiguisée par leur dernier regard échangé, monta en elle comme une houle. Les portes de l'ascenseur se refermèrent, et elle retint ses larmes.

Une fois rentrée à son hôtel, elle appela Jace. Elle voulait rentrer chez elle, à Mannington. Elle était éreintée, épuisée ; plus encore, elle était en colère contre elle-même. Elle avait poussé Nick dans ses derniers retranchements. Elle n'avait voulu voir que ce qui lui convenait de voir, n'avait perçu que ce qu'elle avait voulu percevoir.

Sa nouvelle carte de crédit était un vrai petit miracle : elle n'avait jamais besoin de s'inquiéter des prix. Elle prévint le pilote du jet privé, appela une location pour qu'une voiture l'attende sur le tarmac. Chez elle, elle pourrait être elle-même, elle serait parmi les siens, heureuse, entourée, aimée.

Elle se gara devant la maison de ses parents le soir même, et, valise en main, poussa la porte d'entrée avec un :

— Je suis rentrée !

Sa mère, vêtue d'un tablier, apparut dans le couloir.

— Leni ! Mais qu'est-ce que tu fais ici ? Je pensais que tu revenais pour le réveillon ?

Comme elle ne sentait pas la force de raconter la débâcle de ces derniers jours à sa mère, elle se prit à mentir d'un ton faussement léger.

— Tes cookies me manquaient trop, maman.

Quelques jours auparavant, elle en avait offert à Nick en pensant qu'ils suffiraient à le rendre heureux. Si naïve… Elle avait été si naïve. Il lui avait donné tous les signes, tous les indices dont elle avait besoin pour comprendre sa souffrance, celle de sa famille. Et elle les avait tous gaiement ignorés.

Il avait toujours été si merveilleux, si généreux avec elle. Il avait été à ses côtés à chaque fois qu'elle avait eu besoin de lui. Elle s'était si facilement persuadée qu'il l'aimait, lui aussi – ses regards, ses paroles, ses sourires étaient venus du cœur, elle l'avait toujours su.

Mais l'amour ne suffisait pas. Pendant toutes ces heures passées ensemble, il avait souffert en silence. Le remords la transperça une nouvelle fois, aigu comme une lame.

Elle avait appris sa leçon. Elle ne pouvait pas revenir sur ses erreurs, et elle ne pouvait pas corriger ce qui s'était déjà passé entre eux ; mais à l'avenir, elle prêterait attention aux signes silencieux, elle ne foncerait plus tête baissée.

Elle retira sa parka et se frotta frileusement les mains. Quoi qu'il en soit, elle ne voulait pas que ses parents devinent sa tristesse pendant les fêtes.

— Alors ? Qu'est-ce qu'on fait ?

— Je préparais justement de la pâte aux pépites de chocolat. Tu veux m'aider ?

— On peut les décorer tous les deux, dit son père en souriant.

Elle rit doucement, touchée de le voir si excité par l'activité qu'ils avaient toujours partagée à Noël. Elle était à sa place ; elle trouverait l'apaisement, ici.

Mais fuir ne suffisait pas. Même alors qu'elle malaxait la pâte avec sa mère, découpait les biscuits à l'emporte-pièce, puis jouait aux cartes avec ses parents pendant que les cookies cuisaient au four, le remords continuait de lui nouer la gorge, et les larmes de lui brûler les yeux.

Elle s'était promis de ne plus contacter Nick. Elle avait cru pouvoir le rendre heureux, mais elle n'avait fait qu'exacerber sa peine. Elle avait des comptes à rendre, si ce n'était à lui, du moins à ceux qui avaient besoin d'elle. Rester occupée l'aiderait à noyer sa douleur. Elle avait des projets pour Mannington, et elle s'y jetterait à corps perdu.

Nick avait laissé l'arbre de Noël intact, à moitié décoré, tristement oublié dans un coin de la pièce. Chaque matin, ses branches à demi nues le narguaient. Il n'avait pas le courage de le cacher. Les jours passèrent, insoutenables, silencieux.

Mercredi, il ne trouva pas le courage d'aller au bureau. Jeudi, de sortir de son lit.

Vendredi, il se força à se lever, à avaler une tasse de café, et se planta devant la baie vitrée pour contempler Central Park enneigé. Il était épuisé, affamé, et il était trop brisé pour s'en préoccuper.

Soudain, le cliquetis de l'ascenseur le fit pivoter. Son père entra dans le salon, solennel et austère.

— On m'a dit que tu n'étais pas allé travailler…

Ah. Pour couronner le tout, il allait écoper d'un sermon.

— J'ai la grippe.

Leni lui avait dit qu'il mentait trop facilement à ses parents. Il aurait voulu rire. Il aurait voulu pleurer. Elle lui manquait terriblement. Son absence résonnait plus fort encore que le remords qui l'accompagnait depuis cinq ans ; plus neuve, plus lancinante. C'était une trahison en soi : il n'avait pas le droit de souffrir pour lui-même plus que pour son frère. Pas le droit de l'oublier. De le remplacer.

— Ta mère espérait que tu étais trop occupé par la petite Long pour retourner au bureau, nota son père.

— Quoi ? s'étonna Nick avec un petit rire amer.

— Tu l'aimes bien, non ?

Il l'aimait tout court. Il se laissa tomber sur le canapé.

— Et alors ?

— Alors… Ta mère pensait qu'elle t'aiderait à dépasser ton deuil, répondit son père en s'asseyant près de lui.

— Je ne veux pas dépasser mon deuil.

Son père s'assombrit. Il n'avait jamais vu cette expression auparavant : une tristesse aiguë, ouverte comme une plaie.

— Il le *faut*, Nick.

Il aurait aimé répondre quelque chose. Parler de Leni. Lui expliquer pourquoi il ne pouvait pas être avec elle. Mais les mots ne venaient pas.

— Ta mère pense que c'est le destin. Un coup de pouce de la vie pour t'aider à aller de l'avant.

Il ferma les yeux, soudain agacé. Comment pouvait-il avoir cette conversation avec son père, avec qui il avait toujours eu une relation conflictuelle ?

— Ma mère pense beaucoup de choses, marmonna-t-il.

— Je n'en pense pas moins, tu sais. J'ai fait ce que j'avais à faire dès le début. J'ai crié et je t'ai poussé et je t'ai forcé à reprendre l'entreprise et à aller au bureau et à avoir un objectif, jour après jour.

Nick cligna des yeux, confus.

— Quoi ? Tu n'étais pas simplement en colère contre moi parce que… ?

— Non ! Je voulais juste te ramener parmi nous, Nick. Tu étais en train de sombrer, et… Tu crois que j'avais envie de te forcer à travailler ? Je sais combien tu as souffert de la mort de Joe. Je sais que tu te sentais coupable. Que tu ruminais en silence. Et je savais que si nous te laissions faire, tu ne t'en remettrais jamais.

Les larmes lui montèrent aux yeux. Tout était si… si complexe. Pourquoi n'apprenait-il leur version des faits que maintenant ?

— Je ne m'en suis pas vraiment remis, souffla-t-il.

— Mais tu *commences* à t'en remettre, n'est-ce pas ? Tu veux avancer. Mais tu ne veux pas te laisser cette chance. Tu veux t'accrocher à la culpabilité parce que tu penses que tu mérites d'être puni.

Il déglutit difficilement. Il aurait aimé rétorquer, mais il n'avait dans la gorge que des larmes retenues.

— Ta mère et moi sommes allés voir un psychothérapeute. Pas pour nous ; pour trouver un moyen de t'aider. Et il a conclu que tu t'accrochais à ton remords parce que tu penses que tu dois payer une dette. Mais tu gâches ta vie aussi, Nick. Ta mère et moi ne voulons pas perdre nos deux fils. Maintenant que nous t'avons vu faire un pas en avant… Nous ne voulons plus rester passifs.

Son père se leva.

— Je ne vais pas insister, et ta mère non plus. C'est ta décision. Mais tu apprécies Leni. Peut-être même que tu l'aimes. Et il est temps, Nick. Joe nous manquera toujours… Mais tu nous manques aussi.

Il hésita avant de poser sa main sur son épaule.

— Nous attendons que tu reviennes. Le vrai toi.

Le vrai lui ? Qui était-ce ? L'homme trop impulsif, trop insolent, trop égoïste ? Il n'existait plus. Il avait beaucoup appris, ces dernières années ; et il aimait l'homme plus sage qu'il était devenu. Peut-être était-ce prétentieux – Leni n'aurait pas manqué de le lui faire remarquer.

Il rit doucement, puis essuya ses yeux brûlants alors que

l'ascenseur se refermait sur son père. Accepter de dépasser son deuil était trop… trop dur. Trop intense.

Il avait pensé à Joe avec le cœur léger lorsqu'il avait patiné avec Leni. Il lui avait parlé de lui, sans faux-semblants, et elle s'était pelotonnée contre lui dans la nuit glacée et scintillante… Elle l'avait écouté, elle l'avait fait rire, elle l'avait lentement et sûrement fait sortir de la prison qu'il avait construite pour lui-même. Avec elle, il rêvait de l'avenir et il savourait l'instant présent.

Mais il l'avait repoussée. Au pire moment, de la pire façon qui soit. Elle ne voudrait jamais le revoir, n'est-ce pas ? Il avait gâché son Noël, gâché son nouveau départ.

Il frotta son visage d'une main lasse. Son chagrin continuait de se heurter à la possibilité d'une résurrection, et pourtant, pourtant, une force nouvelle montait en lui, vive et inflexible. Son père avait raison. Il devait avancer. Mais en était-il capable ?

Et si c'était le cas, Leni lui pardonnerait-elle ?

Leni venait de terminer son livre et d'éteindre la lumière lorsqu'on toqua à la porte d'entrée. Épuisée, physiquement et émotionnellement, elle hésita avant de descendre dans le vestibule.

Derrière la porte, Nick l'attendait.

Son cœur s'envola, mais elle tira sur les rênes de ses espoirs. Elle lui avait fait assez de mal. Elle ne pouvait que lui laisser l'espace de s'exprimer, s'il en avait besoin.

— Nick ? souffla-t-elle, le souffle court.

Des cernes soulignaient ses beaux yeux bruns, et une barbe naissante ombrait ses joues. Elle aurait aimé tendre la main pour caresser son visage épuisé.

— Est-ce que je peux entrer ?

— Bien sûr ! Pardon ! Je suis juste…

Elle se tut et s'effaça pour le laisser passer. Était-il venu pour parler ? Pour partager son fardeau ? Peut-être pourrait-elle l'aider, réparer ses erreurs. Il entra à sa suite et retira sa parka avant de se tourner vers elle.

— Tu m'as manqué, dit-il dans un sourire.

Oh. Elle n'osait pas… Elle n'osait pas tirer de conclusions. Son cœur lui semblait tout prêt à se briser.

— Tu m'as manqué aussi, Nick, souffla-t-elle.

— J'ai parlé à mon père. Mes parents aimeraient beaucoup que je tombe amoureux de toi.

Il avait parlé sur le ton de la plaisanterie, et elle aurait peut-être ri, si son premier aveu n'avait pas été primordial.

— Tu as parlé avec ton père ?

— Il m'a expliqué qu'il m'avait poussé à reprendre l'entreprise pour que je ne laisse pas la culpabilité m'engloutir. Me donner une raison de me lever le matin. Ils m'ont regardé passer à côté de la vie pendant des années, et ils pensent que j'ai changé, depuis que tu es là.

— Je crois que c'est vrai, avoua-t-elle souriante.

Elle avait tant aimé pouvoir lui arracher des éclats de rire et des taquineries insouciantes. Mais…

— Et toi, Nick ? Qu'est-ce que tu en penses ?

— Je pense que tu m'as ramené à la vie et au monde réel.

Un frisson la parcourut.

— Je… Vraiment ? Tu ne penses pas que je t'ai poussé trop loin, trop fort ?

— Tu n'as rien poussé, Leni. Il y avait quelque chose entre nous dès le premier instant, n'est-ce pas ? Dès que je t'ai vue, j'ai su que tu étais… exceptionnelle. Tu me fais rire, tu me fais réfléchir, tu me pousses à me dépasser. Et tu as très bon goût en matière de cadeaux de Noël, ce qui ne gâche rien. Ma mère a adoré son kimono, tu sais ? Nous avons fêté Noël en avance pour que je puisse venir te voir.

Il rit doucement, et un éclair de bonheur éclaira son visage las ; mais la peine, qu'elle avait si souvent vue assombrir ses traits, ne prit pas sa place. Le sourire resta sur ses lèvres, neuf, et jeune, et solaire.

— Je suis désolé, Leni. J'espère que je n'ai pas tout gâché.

Ma vie est compliquée, mais je suis prêt à avancer. Je ne peux pas oublier mon frère, ou le laisser derrière moi, mais je sais qu'il ne voudrait pas me voir vivre comme j'ai vécu.

— Il avait l'air d'être un très bon frère.

Il hocha la tête. Ils restèrent silencieux, face à face, un moment. La gorge nouée, elle lui offrit un sourire.

— Tu veux un cookie ?

— Hum… Est-ce qu'ils sont décorés ? demanda-t-il en souriant.

— Par mes soins, lança-t-elle avec un clin d'œil.

Elle glissa sa main dans la sienne pour le mener dans la cuisine, mais avant qu'elle ne puisse ouvrir le placard, il l'attrapa par la taille et la fit tournoyer. Un éclat de rire lui échappa avant que la bouche de Nick ne capture la sienne, tendre et chaude et si irrésistible qu'elle se sentit fondre dans ses bras.

— Je crois que je t'aime, murmura-t-il, penché sur elle.

Elle tira doucement sur une mèche de ses cheveux bruns.

— C'est tout ? Je *sais* que je t'aime, dit-elle en souriant.

— Même si tu as plus d'argent que moi, maintenant ?

Elle inclina le visage, faussement pensive.

— C'est vrai… Tu vas devoir me courtiser avec brio pour que je ferme les yeux sur cette terrible déficience.

Elle se hissa sur la pointe des pieds pour l'embrasser à son tour, un sourire contre un sourire.

— Je veux des roses, du vin et des dîners aux chandelles !

— Et des escapades en France ?

— Oui ! Oui, des escapades en France.

Il l'embrassa encore une fois, avec une exaltation aussi fiévreuse que le rythme de son cœur, et elle enlaça sa nuque, certaine de trouver le plus pur des bonheurs dans ses bras. Ils faisaient une si bonne équipe. Ils savaient que la vie n'était pas toujours facile, mais qu'ils pouvaient l'affronter.

Ensemble.

Épilogue

Comme toujours, il neigeait sur Mannington le jour du réveillon. Un an s'était écoulé depuis le premier Noël de Nick et Leni. Ce soir-là, ils sortaient du Family Diner - qu'ils avaient racheté, refait à neuf, et laissé sous la direction de George quelques mois plus tôt –, et levèrent le visage vers le ciel scintillant de décembre.

On avait nettoyé et repeint les clochettes accrochées aux lampadaires. Des rubans rouges décoraient les parcmètres. Les vitrines de la boulangerie, du café, du garage et du supermarché avaient été rénovées, et les trottoirs repavés.

Leni, un sourire aux lèvres, inspira une goulée d'air frais.

— Tu crois que ta mère va aimer son cadeau ?

— Je ne suis même pas sûr de comprendre comment tu as trouvé le temps de faire du shopping, dit Nick dans un sourire, en entourant ses épaules. L'année a été bien occupée.

— Pour toi aussi.

— Oui, mais je n'ai pas hérité d'une fortune du jour au lendemain, rencontré mes nouveaux frère et sœur, épaulé mon père pendant une opération neurologique compliquée, avant de devenir l'autorité suprême en matière de réaménagement de ma petite ville natale.

Elle ne put retenir un large sourire. Hériter de Mark Hinton avait entraîné bien des surprises. Mais la plus belle était d'avoir trouvé l'amour avec Nick. Son complice, son partenaire pour chaque nouvelle aventure.

— C'était une année fabuleuse.

L'adjectif le fit rire, sincère et lumineux.

— Il te reste à organiser un mariage…

Elle se figea, le souffle coupé net.

— Nick… Qu'est-ce que tu…

Il rit de nouveau, et sortit de sa poche un écrin de velours avant de s'agenouiller devant elle.

— Leni Long, me ferais-tu l'honneur de devenir ma femme, ma compagne jusqu'à la fin de mes jours, ma partenaire pour une vie *fabuleuse* ?

Les larmes lui montèrent aux yeux, et elle hocha la tête.

— Oui !

Il bondit sur ses pieds et l'embrassa passionnément. Comme toujours, son cœur s'embrasa, et son corps fondit contre le sien, et son sang chanta dans ses veines. Comment avait-elle jamais pu vivre sans lui ?

Elle enleva son gant pour qu'il passe le magnifique diamant à son doigt. Ils reprirent leur chemin, pelotonnés l'un contre l'autre. Des amis de longue date leur faisaient signe au coin de la rue, et la neige étincelait sous les lumières des maisons et des lumières. Une chorale chantait, tout près, sur le parvis de l'église. Ils étaient chez eux.

— Je crois que j'aimerais me marier ici. La veille de Noël. Et j'aimerais inviter tout le village.

Il haussa les sourcils.

— Tout le village ? Cela fait mille cinq cents invités.

— Je sais ! dit-elle en riant. Nous pouvons nous le permettre, non ?

Il secoua la tête, puis regarda autour de lui. Il avait appris à voir la vie comme elle la voyait. Mannington était un foyer, une famille, un futur.

— Et puis, c'est une bonne excuse pour étendre l'église, dit-elle pensivement.

Il éclata de rire, le visage en arrière, et ne put s'empêcher de lui voler un autre baiser. Quand Leni était entrée dans son monde, il avait retrouvé la vie ; et à ses côtés, il savait qu'il vivrait sa plus folle aventure.

Vous avez aimé *L'héritière du Kansas* ?
Découvrez la suite de votre série
« Les milliardaires de Manhattan »
dès le mois prochain dans votre collection Azur !

AZUR

HARLEQUIN

Ne manquez pas dès le mois prochain dans votre collection

AZUR

le premier tome de la nouvelle série :

La dynastie Marchetti

Ils mènent la grande vie, mais pour assurer leur lignée les frères Marchetti doivent se marier !

Un roman inédit chaque mois de juillet à septembre 2021

HARLEQUIN
www.harlequin.fr

Retrouvez prochainement,
dans votre collection

AZUR

Le jeu d'une amoureuse, de Pippa Roscoe - N°4356

Quatorze jours. C'est le délai dont Sia dispose pour prouver que le duc Sebastian Rohan de Luen a dérobé une célèbre toile avant de la remplacer par un faux. L'enjeu est de taille, puisque la carrière et la réputation de Sia sont en jeu : c'est elle en effet qui a expertisé la Femme amoureuse pour la Maison d'art Bonnaire ! Hélas, bien que Sebastian lui soit manifestement nocif, elle éprouve en sa présence des émotions intenses. Des sentiments dangereux qui pourraient bien altérer son jugement, si elle n'y prend pas garde…

L'enfant d'un prince du désert, de Sharon Kendrick- N°4357

Caitlin est sous le choc quand elle voit débarquer chez elle le roi Kadir al-Marara. Si tous deux ont eu une liaison quatre ans plus tôt, elle le croyait sorti de sa vie pour toujours. Hélas, son pire cauchemar est en train de se réaliser : Kadir a découvert son secret – le petit garçon né de leur amour impossible. Et il exige aujourd'hui d'emmener avec lui son héritier ! La peur au ventre et craignant d'être séparée de Cameron, Caitlin accepte de suivre Kadir dans ce pays de sable dont son enfant sera un jour le roi…

Contrat avec un milliardaire, de Michelle Smart - N°4358

Alors qu'elle se rend à une audition, Mia découvre avec stupeur qu'elle est la seule candidate. Mais sa surprise grandit encore quand l'homme sublime qui la reçoit, Damiàn Delgado, lui propose un rôle sur mesure : incarner sa fiancée le temps d'un week-end. Si elle parvient à convaincre la famille de Damiàn qu'elle est follement amoureuse de lui, elle touchera une fortune ! Incapable de refuser une offre aussi généreuse, Mia accompagne Damiàn dans la principauté de Monte Cleure…

Une farouche princesse, de Millie Adams - N°4359

L'objectif du prince Javier de la Cruz est simple : ramener Violet King dans son pays, où elle épousera son frère. Seulement voilà, la belle héritière s'y oppose catégoriquement, pour la bonne raison que ce mariage a été négocié par son père sans même qu'elle soit mise au courant. Mais il y a pire encore : à peine Javier pose-t-il les yeux sur la farouche jeune femme qu'il sent un désir fulgurant l'assaillir. Alors qu'il brûle de conquérir Violet, comment accepter qu'elle puisse bientôt appartenir à un autre ?

Le mariage de Dora, de Louise Fuller - N°4360

Dora aime plus que tout le petit Archie, dont elle est aujourd'hui la tutrice. Le bébé est en effet sa seule famille. Aussi, quand l'impitoyable Charlie Law revendique la garde de l'enfant, est-elle prête à se battre contre lui. Une bataille qu'elle redoute de perdre, hélas, tant les moyens du milliardaire sont vastes, comparés aux siens. Désespérée, elle se résout à accepter le marché insensé que lui propose bientôt Charlie : elle pourra faire partie de la vie d'Archie... à condition de l'épouser !

Tentation grecque, de Michelle Douglas - N°4361

La mer, les fleurs odorantes, le chant des oiseaux... L'île grecque sur laquelle séjourne Audra est le cadre parfait pour se ressourcer et panser ses blessures. Du moins le croit-elle, car bientôt surgit dans sa villa Finn Sullivan, le meilleur ami de son frère. Si elle l'accueille bien volontiers sous son toit, elle redoute déjà leur cohabitation. Tous deux se connaissent si bien, trop bien. Mais pas encore assez, si Audra en croit le désir inouï qui rugit dans ses veines chaque fois que Finn s'approche d'elle...

Le séducteur de Bollywood, de Tara Pammi - N°4362

SÉRIE : *PASSION À BOLLYWOOD* - 1/2

Vikram est l'acteur le plus en vogue de Bollywood ; Naina, la modeste assistante qui travaille dans sa somptueuse propriété de Raawal Mahal. Mais, au cours d'un bal masqué, tous deux ne sont brusquement plus qu'un homme et une femme en proie au désir. Une danse, une nuit d'amour, et les voilà liés intimement. Mais quelques heures de plaisir peuvent-elles bouleverser l'ordre établi et rapprocher deux mondes que tout oppose ? Naina, sous le charme du très sexy Vikram, a tellement envie de croire à cet amour impossible...

Séduite par son garde du corps,
de Susan Meier - N°4363

SÉRIE : *LES MILLIARDAIRES DE MANHATTAN* - 2/3

Un garde du corps ? Jamais Charlotte n'aurait imaginé avoir besoin qu'un homme veille sur elle. N'est-elle pas une femme indépendante ? Seulement voilà, lorsque Jace MacDonald lui révèle qu'elle est l'héritière secrète d'un célèbre milliardaire, elle accepte sa protection rapprochée jusqu'à New York. Lui seul saura tenir à l'écart les paparazzis qui gravitent autour de sa toute nouvelle famille. Très vite pourtant, Charlotte regrette sa décision. Car les élans de son cœur pour Jace lui paraissent bien plus dangereux encore que les menaces qui pèsent sur son héritage...

Une nuit à Kildare House, d'Abby Green - N°4364

SÉRIE : *LA DYNASTIE MARCHETTI* - 1/3

Maggie s'est toujours crue immunisée contre la séduction des hommes riches et puissants. Elle en a côtoyé suffisamment pour connaître leurs travers. Pourtant, lorsqu'elle rencontre le mystérieux Nikos Marchetti, propriétaire de Kildare House dont elle est la gouvernante, elle sent son cœur battre follement et ses certitudes vaciller. Au point qu'elle cède à la passion que Nikos lui inspire, durant une nuit magique. Une nuit qui n'est pas sans conséquence, car bientôt Maggie découvre qu'elle attend un enfant de Nikos…

Si proche du roi, de Jackie Ashenden - N°4365

SÉRIE : *LA COURONNE D'AXIOS* - 1/2

Calista est soldat, membre d'élite de la garde royale. Sa mission est cruciale : veiller à la sécurité de Xerxes Nikolaides, prince d'Axios. C'est un honneur pour elle, mais une douce torture aussi. Car, pour son malheur, Xerxes est l'homme le plus beau que la Terre ait porté – et il le sait. Réputé pour être le plus grand don Juan d'Europe, cet homme aime les femmes comme le scandale. Calista doit donc veiller sur sa personne et sa réputation ! Si tant est qu'elle soit capable de ne pas rejoindre elle-même le rang de ses admiratrices et maîtresses…

La caresse de son ennemi, de Rachael Thomas - N°4366

Voilà un an que Sébastien, son frère adoré, est mort. Un an que Charlie n'a plus trouvé le repos. Comment un talentueux pilote de course a-t-il pu avoir un accident lors d'un simple tour d'essai ? Une question qu'elle tient à tout prix à éclaircir. Aussi, lorsqu'elle est invitée en Italie par le partenaire en affaires de Sébastien pour assister au lancement du véhicule conçu par son frère, décide-t-elle d'accepter. Tant pis si Alessandro Roselli la trouble plus qu'aucun autre homme avant lui : elle sera assez forte pour se consacrer uniquement à son enquête. C'est pourtant sans compter sur le désir qui brille dans les yeux d'Alessandro. Prise au piège de la tentation, Charlie retrouve sous le regard de cet homme mystérieux les mêmes sensations qu'au volant d'une voiture de course : plaisir intense et ivresse du danger…